A última escala do velho cargueiro

ÁLVARO MUTIS

A última escala do velho cargueiro

Tradução de
Luís Carlos Cabral

EDITORA RECORD
RIO DE JANEIRO • SÃO PAULO
2004

CIP-Brasil. Catalogação-na-fonte
Sindicato Nacional dos Editores de Livros, RJ.

M986u Mutis, Álvaro, 1923-
A última escala do velho cargueiro / Álvaro Mutis; tradução Luís Carlos Cabral. – Rio de Janeiro: Record, 2004.

Tradução de: La última escala del Tramp Steamer
Novela extraída da obra Empresas y tribulaciones de Maqroll el Gaviero
ISBN 85-01-06451-3

1. Novela colombiana. I. Cabral, Luís Carlos. II. Título.

CDD – 868.99363
04-0844 CDU – 821.134.2(86)-3

Título original em espanhol:
LA ÚLTIMA ESCALA DEL TRAMP STEAMER
do livro EMPRESAS Y TRIBULACIONES DE MAQROLL EL GAVIERO

Impresso no Brasil

ISBN 85-01-06451-3

PEDIDOS PELO REEMBOLSO POSTAL
Caixa Postal 23.052
Rio de Janeiro, RJ – 20922-970

A G.G.M., esta história que há tempos queria lhe contar, mas o fragor da vida não permitiu.

... y un olor y rumor de buque viejo,
de podridas maderas y hierros averiados,
y fatigadas máquinas que aúllan y lloran
empujando la proa, pateando los costados,
mascando lamentos, tragando y tragando distancias,
haciendo un ruído de agrias aguas sobre las agrias aguas,
moviendo el viejo buque sobre las viejas aguas.

PABLO NERUDA, "El fantasma del buque de carga",
Residencia en la Tierra, I

(... e um odor e rumor de buque velho
de madeiras podres e ferros avariados,
e máquinas fatigadas que uivam e choram
empurrando a proa, chutando os costados,
mascando lamentos, tragando e tragando distâncias,
fazendo um ruído de ácidas águas sobre as ácidas águas,
movendo o velho buque sobre as velhas águas.)

Toujours avec l'espoir de rencontrer la mer,
Ils voyageaient sans pain, sans bâtons et sans urnes,
Mordant au citron d'or de l'idéal amer.

STÉPHANE MALLARMÉ, *Le guignon*

(Sempre com a esperança de reencontrar o mar,
Eles viajavam sem pão, sem bastões e sem urnas,
Mordendo o limão de ouro do amargo ideal.)

Há muitas maneiras de contar esta história — como muitas são as maneiras que existem para relatar o episódio menos transcendente da vida de qualquer um de nós. Eu poderia começar narrando aquilo que foi, para mim, o final de um caso, e que, para um outro participante dos fatos, pode ter sido apenas o começo. Não vou nem dizer que a terceira pessoa envolvida naquilo que vou contar seria incapaz de distinguir o começo do fim daquilo que ela própria viveu. Optei, pois, por relatar, obedecendo à cronologia que a sorte me trouxe, a minha própria experiência. Esta talvez não seja a maneira mais interessante de conhecer uma história de amor tão singular. Desde que a ouvi, tive a firme intenção de contá-la a um grande mestre da arte de contar as coisas que acontecem com a gente. Mas como não foi possível lhe contar pessoalmente, rejeitei, de imediato, a idéia de aventurar-me por caminhos, atalhos e meandros que não domino e, neste caso específico, nem seria aconselhável tentar trilhar, e resolvi escrever a história da maneira mais sensível e direta possível. Tomara que a minha falta de habilidade não faça com que se perca o encanto do doloroso e extraordinário fascínio despertado por um amor que, de tão transitório e impossível, guarda semelhanças com algumas lendas inesgotáveis que nos enfeitiçam há séculos, de Príamo e Tisbe a Marcel e Albertine, passando por Tristão e Isolda.

Tomei conhecimento do que vou narrar pela boca do protagonista e só me resta uma única alternativa: a de lançar-me, por minha conta e usando os meus escassos recursos, à tarefa de escrever a história. Até quis que alguém mais capacitado assumisse a tarefa, mas não foi possível: os dias atropelados e barulhentos de nossas vidas não o permitiram. Sei que esta ressalva não irá livrar-me da severa avaliação dos meus improváveis leitores. Como de hábito, a crítica logo se encarregará de fazer o resto e levará ao esquecimento estas linhas tão distantes dos sabores em voga nos dias de hoje.

Tive que viajar a Helsinque para assistir a uma reunião de especialistas em publicações internas de companhias petrolíferas. Fui, na verdade, quase sem vontade. Novembro terminava e a previsão de tempo para a capital da Finlândia era extremamente sombria. No entanto, a minha familiaridade e a minha admiração pela música de Sibelius e mais algumas páginas inesquecíveis de Frans Eemil Sillanpää, o mais esquecido dos prêmios Nobel, foram suficientes para alimentar a minha curiosidade de conhecer a Finlândia. Haviam me dito, também, que da ponta mais avançada da península de Vironniemi é possível ver, nos dias sem bruma, a mirífica aparição das cúpulas douradas das igrejas e a imponente maravilha dos edifícios de São Petersburgo. Estes argumentos foram suficientes para que eu me dispusesse a enfrentar a terrível perspectiva de um inverno que jamais havia experimentado. Helsinque estava, de fato, como que inerte dentro de um translúcido e inviolável cristal. A temperatura era de quarenta graus abaixo de zero. Cada tijolo de seus edifícios, cada ângulo das grades de seus parques sepultados em neve marmórea, cada detalhe de seus monumentos públicos se destacavam com nitidez incisiva, quase intolerável. Percorrer as ruas da cidade era uma façanha. Havia risco de morte, ao lado de inquietantes compensações estéticas. Quando insinuei aos meus companheiros de congresso que pretendia ir até a ponta localizada mais ao leste do porto para ver dali a capital de Pedro, o Grande, todos me olharam como se eu fosse um insensato sem nenhuma chance de sobreviver. Durante um dos jantares a rigor, um colega finlandês, com uma cortesia não desprovida de certa cautela provocada pelo delirante radicalismo de meu projeto, me alertou sobre os perigos que enfrentaria. "Naquele lugar, o vento corre em disparada", explicou, "e, ao passar, transforma em blocos de gelo todos os obstáculos que encontra pela frente. Qualquer agasalho, por mais grosso e reforçado que seja, não serve para nada." Perguntei se eu poderia satisfazer meu sonho de ver de longe a Veneza do norte em um daqueles raríssimos dias calmos em que aparece um sol efêmero, mas resplandecente. Admitiu que assim seria possível, mas desde que tivesse à minha disposição um automóvel capaz de me devolver ao hotel tão logo o tempo começasse a mudar, fenômeno que naquela época do ano poderia acontecer em poucos minutos. Os representantes da minha companhia na Finlândia colocaram um automóvel à minha disposição e ficaram de me avisar com a antecedência necessária sobre a aproximação de um dia de sol.

A oportunidade chegou muito antes do que eu esperava. Recebi um telefonema dois dias depois. Anunciavam que no dia seguinte passariam para levar-me ao tal lugar. Os meteorologistas da nossa empresa garantiam que haveria três horas de sol sem um fiapo de névoa. No dia seguinte, o carro me pegou, com pontualidade exemplar, na porta do hotel. Tomamos a avenida que circunda parte da cidade e segue, pela periferia, até a zona portuária. O motorista não falava língua alguma que não fosse o finlandês. Nem mesmo as quatro palavras em um sueco da minha safra permitiam que eu me comunicasse com ele. Mas a verdade é que eu não tinha muito o que falar com aquele chofer saído das páginas do *Kalévala*, o livro mítico finlandês. O trajeto, que eu imaginara longo, durou não mais do que vinte minutos. Quando desci do automóvel, o espetáculo me deixou sem fala. A transparência do ar era absoluta. Cada guindaste do cais, cada junco das margens, cada embarcação que cruzava em um silêncio irreal as águas imóveis da baía tinha uma presença tão límpida que tive a impressão de que o mundo acabara de ser inaugurado. Ao fundo, também muito nítida, inacreditavelmente próxima, erguia-se a cidade construída por Pedro Romanoff para satisfazer o seu delirante capricho de autocrata genial, um sórdido propósito do astuto descendente de Ivan, o Terrível. Os edifícios brancos e as cúpulas resplandecentes das igrejas, o cais de granito cor de sangue e as deliciosas pontes de estilo italiano que cruzam os canais estavam ao alcance da minha mão. Uma imensa bandeira vermelha, tremulando na fachada do almirantado, devolvia-me a um presente de uma rala insensatez, inimaginável naquele instante e naquele cenário assustador pela perfeição de suas proporções e pela translúcida presença de um ar de outro mundo. Sentei na borda do parapeito de granito que protegia a pista de asfalto e, os pés suspensos sobre o espelho de aço da água, permaneci embriagado pela contemplação de um milagre que certamente não voltaria a se repetir em minha vida. Foi então que apareceu para mim, pela primeira vez, o *tramp steamer*, personagem de singular importância na história que nos ocupa. Sabe-se que este é o termo usado para os cargueiros de baixa tonelagem não filiados às grandes companhias de navegação, e que viajam de porto em porto procurando carga ocasional para levar não importa a que lugar. Por isso, vivem mal, arrastando a sua lamentável silhueta por muito mais tempo do que a sua precária condição nos permitiria suspeitar.

Ele entrou de repente no meu campo de visão, com a lentidão de um sáurio gravemente ferido. Eu não podia acreditar no que os meus olhos viam. O pobre cargueiro invadia o espaço com seus costados carregados de manchas espessas de ferrugem e sujeira que iam até a linha de flutuação — ao fundo, a esplendorosa maravilha de São Petersburgo. A ponte de comando, a coberta e a fileira de camarotes destinados aos tripulantes e aos eventuais passageiros tinham sido pintadas de branco em uma época muito remota. Agora, uma capa de imundície, de óleo e de ferrugem dava a eles uma cor indefinida, a cor da miséria e da decadência irreparáveis, marcas de um uso desesperado e incessante. Deslizava, irreal, o arquejar de suas máquinas transpirava agonia; o ritmo descompassado de suas bielas era um prenúncio de que iriam calar-se para sempre. Já ocupava o primeiro plano do espetáculo sereno e imaginário que me levara à abstração. O meu deslumbramento transformou-se em algo difícil de definir. Aquele errante despojo do mar era uma espécie de testemunho do nosso destino sobre a Terra. Um *pulvis eris* mais eloqüente e mais adequado em águas de metal polido; ao fundo, a silhueta branca e dourada da capital dos últimos czares; ao meu lado, o esbelto contorno dos edifícios e do cais da capital finlandesa. Naquele momento, começou a nascer em mim um sentimento cálido e solidário pelo velho cargueiro. Via-o como a um irmão desventurado, uma vítima da negligência e da ambição dos homens, às quais ele respondia com uma teimosa vontade de continuar arrastando por todos os mares o sulco fosco de seus sofrimentos. Vi-o afastar-se em direção ao interior da baía à procura de um cais discreto onde pudesse atracar sem fazer muitas manobras e, provavelmente, poucas despesas. Na popa, pendia uma bandeira de Honduras. O nome do barco havia sido parcialmente apagado pela ação das ondas; só era possível ler as últimas letras: ...ción. Não era improvável que, por uma ironia que mais pareceria piada, o nome do velho cargueiro fosse *Alción*. Sob o letreiro mutilado, era possível ler, com alguma dificuldade, o lugar de origem da sua matrícula: Puerto Cortés. O meu precário conhecimento das coisas do mar e da rede sórdida e inextrincável de seu comércio foi, sem dúvida, suficiente para evitar que eu fizesse tolas considerações sobre os contrastes evidenciados pela aparição de um desastrado cargueiro do Caribe em uma das mais esquecidas e harmoniosas paisagens do norte da Europa. O cargueiro hondurenho me devolveu ao meu mundo, ao centro das minhas recordações mais essenciais. Eu não tinha mais nada a fazer ali, na ponta mais avançada da península de Vironniemi. Por sorte, o chofer parecido com Lemminkainen aproximou-se para apontar o céu; formavam-se nele, com vertiginosa pressa, nuvens plúmbeas que indicavam uma iminente mudança do tempo. Ao voltar ao hotel, meus colegas me interrogaram sobre a experiência da qual tanto falara e da qual tanto esperara. Livrei-me deles com umas poucas palavras convencionais e anódinas. O *tramp steamer* havia me conduzido a uma realidade tão distante daquele presente báltico, escandinavo, que era melhor ficar calado. Na verdade, havia pouco a dizer. Naquele ambiente, pelo menos.

A vida faz, amiúde, certos ajustes de contas que não devem ser ignorados. São reflexões que ela nos oferece para impedir que a gente se perca nas profundidades do mundo dos sonhos e das fantasias e permitir que possamos voltar ao cálido e rotineiro desenrolar do estágio do tempo no qual, na verdade, acontece o nosso destino. Recebi esta lição pouco mais de um ano depois de minha visita à Finlândia e daquele encontro que incorporou-se à recorrente e inexorável matéria dos meus pesadelos. Estava na Costa Rica exercendo a função de assessor de imprensa de um grupo de técnicos de Toronto que desenvolvia um estudo para a construção de um oleoduto que levava já não me lembro de onde para onde. Eu ficara amigo de dois sujeitos que conhecera em uma acidentada e interminável jornada de álcool em cabarés de baixíssimo nível de San José e eles me convidaram a fazer um passeio de iate pela baía de Nicoya, em Punta Arenas. Aceitei, entusiasmado em poder me livrar da insípida conversa de meus companheiros de trabalho e de seus intermináveis relatos a respeito de proezas no golfe, tema que me deixava imediatamente nauseado. Um deles, chamado Marco, com o qual me lembrava de ter compartilhado na noite anterior algumas teorias sobre o álcool e seus efeitos em vários campos do comportamento, veio me buscar de automóvel. Em pouco mais de uma hora estaríamos em Punta Arenas. O dono do iate nos aguardava com a sua esposa, que participaria do passeio. Alguma coisa nas palavras de Marco me fez desconfiar de que ele, talvez para me fazer alguma surpresa, não havia dito tudo o que sabia. Contive a minha curiosidade e fomos recordando, ao longo da viagem, o nosso *non sancto* périplo da noite anterior. Ao chegar a Punta Arenas, voltei a encontrar as águas do Pacífico, sempre cinzentas e sempre prestes a mudar de humor, semelhantes desde Valparaíso até Vancouver. O calor intenso e úmido distendeu meus nervos e me preparei para aproveitar ao máximo a excursão marítima sobre a qual havia feito muitas e muito justificadas ilusões, como pude logo constatar. A casa do proprietário do iate tinha aquele aspecto ao mesmo tempo despojado e acolhedor que é tão comum no litoral de nossos países. Os móveis, extravagantes, eram evidentes sobras recolhidas nas casas que a família tinha em San José. A geladeira estava cheia de cerveja, de latas de caviar e de tamales, aqueles inevitáveis pastéis de massa de milho envolvidos em folhas de bananeira que podem vir recheados com uma imensa variedade de materiais perigosos que escapam ao nosso conhecimento, mas podem ir da carne de peru à do tatu. Levamos tudo ao iate, cuja presença imponente lançava uma sombra sobre os pátios da casa. A um sinal do dono, subimos a escada que levava à embarcação; já no convés, fomos ajudados a descer por um negro gigantesco e sorridente cujos breves comentários indicavam uma inteligência muito viva e um humor imbatível. O dono, sempre assessorado pelo negro, ordenou que os motores se pusessem em marcha. De repente, os gritos de uma mulher — "Já vou, já vou! Esperem por mim, caralho!" — desviaram os nossos olhares para o fundo da casa. Dali, vinha correndo em nossa direção uma fêmea que vestia um dos menores biquínis que vi em toda a minha vida. Alta, ombros ligeiramente largos, e pernas longas, ágeis, que terminavam em músculos delgados e firmes. O rosto tinha uma beleza convencional mas inegável alcançada graças a uma maquiagem bem aplicada e a feições regulares que não tinham a obrigação de ser extraordinariamente belas. À medida que ela se aproximava da embarcação, ia ficando mais evidente a perfeição do seu corpo, de uma juventude quase agressiva. Atrás dela corria um menino de seis ou sete anos. Pularam no iate com a elasticidade de gamos. Sorridente e ao mesmo tempo sem fôlego, ela cumprimentou a todos e obrigou o filho a fazer o mesmo. "Se me deixassem, vocês morreriam de fome, seus babacas. Só eu sei onde está a comida e como deve ser servida." Ria, muito alegre, enquanto o marido, franzindo ligeiramente o cenho, fingia observar o painel de instrumentos. Em voz baixa, ele deu algumas ordens ao timoneiro e, sem fazer nenhum comentário, dirigiu-se ao convés da proa, onde sentou na borda a estibordo e começou a atirar com uma 45 nos pelicanos que sobrevoavam a embarcação. A tensão do casal foi aumentando; era evidente que ela estava irritada, perturbada pelo ritmo dos disparos, nenhum dos quais atingia o alvo; eles só conseguiam atordoar nossos ouvidos e tornar a conversa mais difícil. "Não se preocupem", comentou ela, sem deixar de sorrir, "ele nos deixará em paz assim que acabar de brincar no seu parque de diversões. O que querem beber? Uma cervejinha para combater o calor ou uma coisinha mais forte?" Quando pronunciados por costa-riquenhas, os diminutivos me deixam profundamente inquieto, em um estado de alerta meio que sonâmbulo próprio de um adolescente muito desorientado. Resolvemos ajudá-la a preparar uns gins-tônicas. Ela andava entre nós para entregar a cada um o seu copo e era como se a *urgente Afrodite de ouro* evocada por Borges se aproximasse para nos benzer. Apesar daquela beleza que estava ao alcance dos nossos sentidos ficar circulando por ali com uma naturalidade olímpica, a conversa conseguiu, finalmente, tomar um curso natural e fluido. O menino começou a enjoar e a mãe passou a cuidar dele com um zelo que me pareceu excessivo. Era como se estivesse tentando compensar a parte da culpa que poderia ser dela na indisfarçável crise conjugal. Ao chegar à entrada da baía, ancoramos em uma pequena ilha e foi servido o almoço: uma lagosta memorável regada a um vinho Reno de Nappa Valley menos admirável. Marco sussurrou várias vezes que aquele casamento estava para acabar. O dono do iate, herdeiro de uma imensa fortuna, trabalhava feito um escravo durante todo o dia cumprindo as ordens do pai, um asturiano implacável. À noite, continuava levando vida de solteiro, como se jamais tivesse se casado.

A mulher, ao voltar, noite já avançada, da casa de seus pais, o surpreendera várias vezes percorrendo as ruas de San José em um carro cheio de putas. Depois que as balas da sua pistola acabaram, o jovem herdeiro passou a conversar com o negro sobre assuntos relacionados à manutenção do iate. Isso durou todo o passeio. De vez em quando, ele fazia o favor de nos dirigir a palavra; a amabilidade era tão forçada que não permitia que o diálogo engrenasse. A mulher, porém, ao mesmo tempo em que cuidava do filho, dava atenção a cada um de nós, sempre com aquela cordialidade espontânea e gentil que é muito comum nos costa-riquenhos de sua classe e ainda mais presente e marcante nas pessoas de condição social mais humilde.

— Me disseram que você é escritor — dirigiu-se a mim com a curiosidade à flor da pele. — O que você escreve? Romances ou poesia? Gosto muito de ler, mas só coisas românticas. O que você escreve é muito romântico?

Não soube muito bem o que responder. A tensão era grande. Optei pela verdade. Teria sido idiota pensar que aquela conversa pudesse ter algum futuro, por mais remoto que fosse.

— Não — respondi —, tanto os poemas como os relatos acabam sendo meio tristes.

— Acho muito estranho — comentou. — Você não parece ser muito triste ou ter sido muito golpeado pela vida. Por que escreve, então, coisas tristes?

— Saem assim — disse eu, tentando colocar um ponto final naquele interrogatório no qual inteligência não era precisamente o elemento que mais luzia. — Não tem jeito.

Ficou pensativa por um momento, e uma sombra muito leve de desilusão cruzou o seu rosto. Não achei que ela estivesse falando seriamente. A partir daquele momento, sem que tivesse sido excluído do grupo, os melhores sorrisos deixaram de ser destinados a mim.

Voltamos a Punta Arenas ao cair da tarde. Eu tinha que estar à noite em San José para uma reunião no Ministério da Economia. O sol, o vinho da Califórnia aromatizado artificialmente, mais a presença, a voz e o corpo da mulher movendo-se no calor do entardecer, foram me adormecendo até que mergulhei em um sono que só não me dominou por completo porque continuei a ouvir as conversas sem entender muito bem o sentido das palavras. De repente, fez-se um silêncio inexplicável, e senti que uma sombra fresca e inusitada invadia o ambiente. O ruído de um motor começou a ricochetear em uma superfície próxima e passou a se ouvir uma estridência nova e irritante. Despertei e, ao abrir os olhos, vi que estávamos passando ao lado de uma embarcação que deixava o porto graças a um louvável esforço de suas máquinas. No primeiro momento não a reconheci. É que nunca a havia visto tão próxima. Era o velho cargueiro de Helsinque — os mesmos costados cheios de placas de ferrugem e imundície, as cabines e a ponte de comando em idêntico abandono, e o agônico estertor de seus motores ainda mais acentuado pela proximidade. Em Helsinque, haviam me chamado a atenção a ausência de tripulantes e a falta de movimento de passageiros. Apenas uma vaga silhueta na ponte de comando atestava a presença de seres humanos. Naquela ocasião, atribuí o fato ao frio que reinava no exterior. E deve ter sido isto mesmo. Agora, alguns marinheiros nos observavam das escotilhas e da galeria da coberta da proa — rostos impessoais que exibiam barbas de várias semanas; roupas em farrapos manchadas de óleo e suor. Alguns falavam em inglês, outros em turco e alguns poucos em português. Cada um em seu idioma, eles faziam comentários sobre a mulher que nos acompanhava. E ela sorria para eles com uma inocência premeditada, saudando-os com acenos de braços que quase descobriam os seus seios. O tom dos comentários foi aumentando e não pude deixar de pensar que a incrível visão iria acompanhar aqueles homens durante um interminável período de sua acidentada viagem. O sol voltou a nos aquecer e pude ler de novo na popa a enigmática sílaba *...ción*, e, logo abaixo, Puerto Cortés, em letras brancas prestes a desaparecer em uma superfície de óleo, terra e manchas de cor de cobre que tentavam em vão ganhar a batalha contra a ferrugem que devorava a estrutura.

— Estes coitados não chegarão nem ao Panamá, — comentou em voz alta, com uma tristeza entre maternal e infantil, a mulher.

— Há dois anos eu o vi em Helsinque —, disse, sem saber direito por quê.

— Onde fica isso? — perguntou ela, com certo espanto.

— Na Finlândia... No Báltico... Perto do Pólo Norte — expliquei, finalmente, ao perceber que aqueles nomes significavam pouco ou nada para ela.

Os presentes me olharam intrigados, com uma certa desconfiança. Senti uma imensa preguiça de contar-lhes toda a história. Além do mais, não era para eles. Não lhes pertencia. O episódio do cargueiro, meu silêncio e a digestão difícil de tudo o que havíamos comido e bebido interromperam a conversa até chegarmos à terra. Desembarcamos e fomos diretamente para o nosso carro. Despedimo-nos do casal com as palavras mais gentis que nos ocorreram, e ela, enquanto passava uma leve camisa de algodão pela cabeça, me disse, não sem uma certa preguiça:

— Quando você escrever uma coisa romântica, mande para mim, está bem? Ainda que seja pela lagosta.

O velho e conhecido jogo, pensei. O jogo de Nausícaa, aquela que acolheu Ulysses depois de seu naufrágio, e o de Madame Chauchat. Às vezes delicioso, mas, freqüentemente, infame e frustrante. No caminho para San José, percebi que não sabia o nome da nossa bela companheira. Não quis perguntar a Marco. Era melhor guardar na memória aquelas duas presenças anônimas que permaneceriam, a partir de então, inseparáveis em mim: a boticelliana amável que não temia os palavrões, e o ruído fantasma do velho cargueiro. Uma e outra se complementariam em meus sonhos, transmitindo a sua vontade de permanecer graças aos vasos comunicantes através dos quais também acontece a poesia.

O acaso faria com que eu encontrasse mais duas vezes o itinerante cargueiro hondurenho. Mas nos dois primeiros encontros a sua presença arruinada passara a fazer parte da família de visitantes obsessivos atrás dos quais se escondem, palpitam e fluem as instâncias do impreciso jogo de regras que mudam a cada instante que resolvemos chamar de destino. Não posso dizer que as aparições seguintes não agregaram nada às anteriores. Serviram, sim, para reforçar a permanência da imagem carregada das mais secretas e ativas essências daquilo que conduz todo o destino humano até o seu fim: a vocação para morrer. Por isso, quero narrar os outros dois episódios — eles só se diferenciam dos anteriores pelos cenários que escolheram para fazer as suas aparições.

*

A Jamaica já foi um dos meus lugares preferidos no Caribe. Houve uma longa época em que os aviões que levavam do meu país aos Estados Unidos faziam escala em Kingston. Eu tinha o hábito de prolongar esta parada, geralmente por todo um fim de semana, para aproveitar a paisagem e o clima excepcionais, elogiados pelo almirante Nelson em cartas que escrevia à família quando governava a ilha. Eu acho que todo o Caribe é um lugar incomparável. Nele, as coisas acontecem exatamente no ritmo e com um sabor que se adaptam com muita fidelidade, e utilidade, aos projetos nunca realizados da minha existência. No Caribe, todos os meus demônios são apaziguados, e os meus sentidos são aguçados de tal forma que chego a sentir-me uma pessoa muito diferente daquela que circula por cidades distantes do mar e por países de uma hostil respeitabilidade conformista. Mas algumas de suas ilhas têm para mim a privilegiada condição de exacerbar ao máximo aquela espécie de banho d'água que Ponce de León procurava. A Jamaica foi um desses lugares. Por razões sobre as quais não vale a pena me alongar, passei muitos anos sem visitar a ilha. Quando voltei, tudo havia mudado. Uma agressividade latente e sempre a ponto de explodir havia convertido seus habitantes em pessoas com as quais era obrigatório ter muito cuidado para não provocar um incidente. A tensão tornou-se perceptível até no clima que, sem ter mudado em sua essência, passou a ser percebido de forma diferente e com um outro humor pelos jamaicanos. Mais um paraíso que acaba, pensei. Vários outros haviam passado pelo mesmo processo. Ter acontecido a mesma coisa com outro não chegou a ser tão doloroso para mim. A partir de certa idade, só duas ou três idéias passam a reger e a despertar o nosso interesse. Da mesma forma, os vários lugares da Terra que consideramos ideais podem ser reduzidos a dois ou três, e mesmo assim ainda acho que é muito. De qualquer maneira, o fato é que um dia prometi a mim mesmo não voltar à Jamaica. Desde então, passei a escolher outros caminhos para desfrutar o sempre renovador e sempre generoso Caribe.

Vários meses depois da minha estada na Costa Rica e da excursão nas águas de Nicoya, peguei no Panamá um avião que me levaria a Porto Rico, onde, convidado pelo colégio de professores de Cayey, falaria sobre a minha poesia. Partimos de madrugada. Depois de meia hora de vôo, tivemos que voltar ao Panamá "para consertar uma pequena avaria no sistema de ventilação". Na verdade, uma turbina havia parado e a outra devia estar submetida a um esforço tal que o pobre e muito combalido 737 não parecia poder agüentar mais. No Panamá, ficamos muitas horas olhando os mecânicos que, como formigas vorazes, retiravam e instalavam peças na velha turbina. Pelo alto-falante, fomos avisados de que a pequena avaria havia sido regularizada — por que, me pergunto sempre, as pessoas têm que complicar o idioma quando há dúvidas de ordem técnica? — e podíamos subir a bordo. O avião partiu sem maiores tropeços. Hora e meia depois, quando o capitão anunciava que em poucos instantes sobrevoaríamos a ilha de Cuba, o avião sofreu uma sacudidela que levou os passageiros a um pálido silêncio, só perturbado pelas explicações um tanto inconsistentes das comissárias de bordo que percorriam o estreito corredor tentando dissimular o próprio pânico. "Devido a uma falha mecânica em nossa turbina esquerda nos vemos obrigados a aterrissar em Kingston, Jamaica. Por favor, apertem os cintos, coloquem os assentos na posição vertical e se assegurem de que as mesas estão travadas. Estamos dando início aos procedimentos de descida." Era a voz do capitão, cuja tranqüilidade nem todos os passageiros consideraram positiva. Fechei o livro que estava lendo e me dispus a observar o panorama da baía de Kingston, da qual recordava como um daqueles lugares tipicamente caribenhos. De fato, quando o avião começou a voar em círculos sobre o porto, voltei a admirar a espessa vegetação que avançava pelas montanhas que cercam a cidade. Era de um verde intenso, em alguns trechos quase negro e em outros quase amarelo devido aos tenros brotos de bambu e às samambaias eretas e cerimoniosas. Dois aviões se preparavam para deixar o aeroporto e tivemos que ficar voando em círculos à espera da permissão para aterrissar. Mantendo os motores funcionando em rotação muito baixa para não forçá-los, o comandante foi descendo até alinhar a cabeceira da pista. Admirei, absorto, as águas da baía e o eterno navio de guerra afundado exatamente em seu centro; nunca consegui saber a nacionalidade da embarcação, nem como havia naufragado. Nunca me lembrava dela depois que tocava a terra. Em uma das voltas que demos sobre o cais, avistei, inconfundível, o velho cargueiro, então já integrado à ordem das minhas lembranças mais obstinadas. Ali estava, recostado no cais como um cão no umbral de uma porta depois de uma noite de fome e fadiga. Percebi que estava tão familiarizado com o barco que lá do alto, sem que, ao contrário das aparições anteriores, estivesse à altura dos meus olhos, eu o tinha identificado sem a menor sombra de dúvida. Pareceu-me que pendia um pouco a estibordo. Na volta seguinte, vi que estava sendo carregado pelos guindastes do cais. A carga devia estar sendo acumulada em apenas um dos lados dos porões e esta era a causa provável da inclinação.

Fomos obrigados a passar a noite em Kingston. Todos os vôos para Miami haviam partido pela manhã e não restava outro remédio a não ser esperar que a turbina do nosso 737 fosse reparada. Fomos alojados em um hotel do centro da cidade não particularmente luxuoso mas tranqüilo. Ele tinha um bar operado com certa eficiência por um negro baixo e grisalho que mostrou ser um autêntico expert em *planters punch*, o coquetel que todo o mundo acredita que pode fazer à base de suco enlatado, rum, gelo e a famosa cereja. O *barman* do nosso hotel se atinha à clássica e consagrada prática de preparar ele mesmo o suco de abacaxi e usar as proporções de rum e gelo recomendadas pelos cânones. Era meio-dia. Ao quarto *planters punch*, me dei conta de que almoçar seria um erro que poderia ter graves conseqüências. Diminuindo o ritmo dos coquetéis, poderia esperar tranqüilamente até que o sol baixasse um pouco. Decidira visitar o barco. Sentia que, se não o fizesse, atentaria gravemente contra os princípios da cortesia e da solidariedade. Era como se, sabendo que em Kingston morava um velho e querido amigo, evitasse entrar em contato com ele. Alguns companheiros de viagem já faziam planos para um passeio noturno pelos cabarés da cidade. Abstive-me de informá-los sobre a sórdida experiência que os esperava. Em lugar de ir fazer a sesta e recuperar-me para a noite, preferi ir até o porto visitar o meu pobre amigo e voltar logo ao hotel para provar algumas outras possibilidades que havia começado a estudar com o *barman*. Sem sequer me consultar, ele me ofereceu um leve sanduíche de atum. Estava impecável. Tanto é que fez o papel de uma refeição e deixou espaço para as experiências alcoólicas da noite. Quando o sol se tornou tolerável, chamei um táxi e fui visitar o porto. Eu havia localizado ainda no ar o cais onde descansava o cargueiro. Chegamos ao lugar sem dificuldades, mas as grades de acesso estavam fechadas. Um caboclo mal-humorado e altaneiro nos informou que era impossível entrar. As tabernas estavam fechadas e não havia mais nenhuma atividade no cais. Perguntei-lhe pelo velho cargueiro, e ele me disse que haviam terminado de carregá-lo e estavam prestes a zarpar. Senti outra vez como se tivesse falhado com uma pessoa da qual gostava. Uma nota de cinco libras e algumas explicações arrevesadas sobre a necessidade de dar um recado urgente ao capitão do barco abrandaram a má vontade do guarda, que me deixou passar, advertindo-me, porém, que em meia hora já não haveria quem pudesse me deixar sair. Apressei-me até o lugar em que imaginava que o barco estivesse. Ao chegar, o cargueiro, recolhidas as amarras, começava a mover-se. Os mesmos marinheiros que havia visto em Punta Arenas, com a mesma barba de vários dias e as mesmas camisetas manchadas, as bermudas cheias de remendos e cigarro na boca, olhavam distraídos para aquele ponto distante, mais interno do que externo, no qual se abstraem os homens do mar para combater qualquer nostalgia das enganosas e efêmeras recordações que deixam em terra. O navio não havia mudado de matrícula e a bandeira de Honduras pendia, sem grandes demonstrações de entusiasmo, sobre a popa na qual as letras ...*ción* continuavam delineando seu desbotado enigma. Não devia ser muita a carga recolhida na Jamaica. O casco sobressaía perceptivelmente acima da linha de flutuação. Isso me permitiu perceber uma parte dos hélices, que chacoalhavam com evidente dificuldade as águas escuras do porto. Ficou logo patente para mim — com uma eloqüência muitas vezes maior do que nas duas outras ocasiões — a lamentável condição do velho servidor dos mares. Pela enésima vez, ele ia empreender uma amarga aventura com a resignação de um boi de Latio tirado das Geórgicas de Virgílio. Estava deteriorado pelo tempo, ferido, subjugado. Obediente aos desígnios dos homens, cujo desapreço mesquinho conferia uma nobreza ainda maior ao seu esforço, que não receberia outro prêmio a não ser o do desgaste e o do esquecimento. Fiquei olhando-o se perder no horizonte, e senti que uma parte de mim ingressava numa viagem sem volta. Uma sirene anunciou que chegara a hora de abandonar o cais. De fato, o guarda estava me esperando junto às grades. O homem golpeava a coxa com um molho de chaves para que eu sentisse a extensão do incômodo que estava lhe causando. As cinco libras haviam perdido há muito o seu efeito.

Voltei ao bar. A acolhida cordial do experiente homem que me guiava pelo caminho das combinações de rum das ilhas tornou mais tolerável a dolorosa impressão de ter faltado ao meu cúmplice e companheiro do obscuro labirinto de meus sonhos. Sonhos que a noite encontra e também acontecem no fragor da vigília. Fui dormir quando os primeiros grupos voltavam da rua, inteiramente decepcionados com a experiência vivida na Kingston noturna. Inútil contar-lhes o que o porto havia sido em outras épocas de calipso e rum quente. Não entenderiam, e por isso o esforço não valia a pena. Dante disse que não há dor maior do que, na miséria, recordar os tempos felizes. Mas até isto devemos fazer hoje. É bom que seja assim.

*

É hora de relatar o último encontro que tive com o velho cargueiro. Não recebi nenhum aviso de que o via pela última vez. Se o soubesse, tudo teria acontecido de outra maneira. Agora, ao recordar, o que fica evidente para mim é que se os encontros tivessem continuado a coisa teria adquirido os sintomas de uma perseguição mítica, de uma diabólica espiral que poderia terminar nas arrogantes e magníficas maldições que os deuses do Olimpo usavam para castigar os transgressores de seus imutáveis desígnios. Mas o nosso mundo não é mais assim. Agora, nós, os homens, só conseguimos penar sob a mesquinha cota de vingança que nos é imposta por outros homens. É pouca coisa. O nosso modesto inferno em vida já não pode ser matéria da mais alta poesia. Quero dizer que mesmo sem ter certeza de que era a última vez que nos víamos, algo me indicava que o jogo não poderia continuar. Não estava dentro da tênue zona em que circunscrevemos o imaginável.

Eu estivera na foz do rio Orinoco há dez anos ou mais, durante um treinamento sobre o manejo de gás propano que fiz em Trindade. Tive oportunidade de conhecer todos os perigos oferecidos pelo combustível traiçoeiro, e as maravilhas da música antilhana, executada em tambores de petróleo dos mais variados tamanhos. Era possível passar uma noite e boa parte do dia hipnotizado pelo ritmo que, em ondas crescentes e decrescentes, nos afundava numa sonolência que recebia a contribuição da mansa temperatura de forno que reina na ilha durante boa parte do ano. Em um fim de semana inesquecível, fomos em um rebocador da empresa conhecer o intrincado delta de onde o Orinoco esparrama suas águas nas águas de um Atlântico traiçoeiro, inquietantemente pacato, e carregado de sinistras surpresas. Lembro até hoje o canto ininterrupto das aves de cores e tamanhos tão variados que nos deixavam perplexos o dia inteiro. O vozerio ensurdecedor e as intermitentes revoadas dos bandos na densa treva do trópico desaforado não cessavam nem à noite.

Agora tivera que voltar, desta vez para participar de uma missão conjunta de países interessados na rica bacia do Orinoco. Ao todo, éramos seis delegados, e eu exercia, com pouca eficiência, o papel de secretário do grupo. Aceitei participar da aventura burocrática apenas para voltar ao delta. Ainda guardava da imponente maravilha de sua natureza recordações que me levavam a um estado de admiração inerte, tingida de nostalgia. Fomos instalados em bangalôs de um posto militar de San José de Amacuro. Havia ali todo tipo de comodidade. O ar-condicionado nos protegia de uma temperatura que a mim, particularmente, proporciona um bem-estar e uma sensação de disponibilidade e de presteza mental que poderia ser facilmente confundida com o efeito de algum alucinógeno desconhecido. Eu penso que poucos prazeres são comparáveis ao de desligar o ar, esticar o corpo na cama protegida dos mosquitos por uma tenda de tule cerimoniosa e majestática e deixar que a noite chegue com seus aromas que viajam entre as ondas de um calor úmido, acariciante, quase genésico. Dedicamos vários dias à exploração do intrincado delta do Amacuro em incursões superficiais e pouco minuciosas. Familiarizar-se com labirinto tão esplêndido pode levar vários anos. Fomos até Curiapo e San Félix. Ali começaram a aparecer os sinais nefandos de nossa civilização de plástico, *junk food*, contrabando e música estridente. Voltamos a San José de Amacuro e gastamos mais de uma semana nos trabalhos preliminares de um primeiro rascunho do relatório que nos haviam encomendado. Para mim foi muito saudável mergulhar no nirvana do delta. Tínhamos que descer o rio até Ciudad Bolívar, onde seria entregue um primeiro original das equilibradas conclusões daqueles especialistas de escritório, homens que têm um curioso talento para não dizer nada importante através de uma torrente de palavras que acabam dormindo em arquivos de chancelarias até que sejam desenterradas por outros especialistas, igualmente capacitados, que colocam de novo em marcha a besteira cíclica que lhes permite garantir seus salários com as consciências tranqüilas e realizar a façanha cinzenta que se conhece pela designação de fazer carreira. Aleguei um começo de febre e a necessidade de submeter-me a um tratamento de urgência na enfermaria do posto militar e não participei da viagem à capital. Uma rápida conversa com o médico de plantão resolveu tudo, e pude me dedicar a percorrer o Amacuro em uma canoa com motor de popa pilotada por um indígena de olhos incisivos e poucas palavras que conhecia muito bem o delta. Algum dia me disporei a narrar o que foram aqueles passeios, embora já tenha deixado a marca daqueles dias, verdadeiros obséquios dos deuses, em boa parte da poesia que tenho derramado em revistas efêmeras e em edições não menos esquecíveis. Ao voltar, meus colegas não fizeram nenhum comentário sobre o meu suspeito restabelecimento. Estavam inteiramente embriagados pelas intermináveis discussões de parágrafos dos tratados do Rio de Janeiro e pelas conclusões herméticas a respeito da Conferência de Montevidéu. Já se vê que a estupidez pode interferir nos sentidos a ponto de ocultar um espetáculo como o do delta do Amacuro, verdadeiro milagre da visão, do olfato e da audição.

Regressaríamos a Trinidad em um barco da Marinha da Venezuela. De lá, cada um seguiria de avião até o seu país de origem. Certa madrugada, fomos acordados pela sirene da lancha guarda-costeira da Marinha que vinha nos pegar. Meio adormecidos, com o café quente ainda fervendo no esôfago, subimos a bordo. Chovia a cântaros. Recolhidas as amarras, a sirene voltou a tocar, anunciando a partida. Naquele exato momento, ouvimos um surdo queixume, quase animal, que era uma resposta.

— É um barco que está entrando. Assim que terminar de passar, seguiremos nós. A passagem é muito estreita; o rio está repleto de bancos de terra e de troncos trazidos pela cheia — explicou-nos um oficial com aquela displicência castrense que os militares usam para falar com civis.

Alguma coisa já havia me anunciado, há dias, que o velho cargueiro andava por perto: uma vaga inquietude, uma tristeza surda de deixar aquele lugar, uma nostalgia prévia das maravilhas que havia desfrutado ali. De fato, era ele, o *Alción*, como me acostumei a chamá-lo em minhas lucubrações sobre suas atribuladas peregrinações. Compreendera, com certeza, que as suas precárias condições já não permitiam que saísse do perímetro do Caribe e arredores. Ia para Ciudad Bolívar. "Vai carregar madeira", comentou o mesmo oficial com um sorriso condescendente dirigido ao desprezível espantalho de uma era esquecida que passava diante de nós com o mesmo martelar desigual de suas bielas e as lamúrias de sua única chaminé. Não havia marinheiros na coberta e uma silhueta borrada manipulava as alavancas na ponte de comando com movimentos curtos e hábeis. A sujeira, acumulada nos vidros durante quem sabe quantos anos, não deixava ver do seu interior mais do que uma lâmpada elétrica no teto e o brilho fugaz de um instrumento. Fiquei impressionado ao ouvir de novo o mesmo comentário que fizera a bela seminua do passeio em Nicoya, desta vez da boca do oficial que nos acompanhava:

— Não sei como pode arriscar-se nestas condições. Quando chove assim, a correnteza desce com uma força terrível e os bancos se formam em segundos. Tenho a impressão de que será destroçado no primeiro baque. Jamais vi semelhante ruína.

Estas palavras feriram os mais profundos sentimentos do adepto anônimo do cargueiro que conheci entrando no porto de Helsinque com a serena e imponente dignidade dos grandes derrotados. O que sabia aquele barbichinha afundado em um impecável uniforme recém-engomado a respeito das proezas secretas e vãs do venerável velho cargueiro, o meu querido *Alción*, patriarca dos mares, vencedor de tufões e tormentas, cujas amarras haviam sido solicitadas em todos os idiomas da Terra em perdidos portos de aventura? Passava diante de nós lentamente, um pouco inclinado — pelo visto o problema não era a carga e sim a estrutura que cedia diante de pressões superiores à sua resistência — e agora com um ligeiro tremor que percorria todo o seu corpo como uma febre secreta ou uma debilidade já indisfarçável. "A meia marcha, as máquinas já não controlam o ritmo dos hélices", explicou o marinheiro, como se estivesse respondendo a uma pergunta que ele mesmo se fazia. A proa exibia novamente as suas vergonhas; estava ali a mesma bandeira dependurada a lembrar os trapos de um náufrago. Mas haviam, finalmente, pintado o nome completo no casco. Chamava-se, de fato, *Alción*. Na verdade, não havia sido assim tão difícil adivinhá-lo; pela posição das letras que permaneceram legíveis, estava claro que só restara espaço para uma sílaba.

A lancha da marinha, a marcha dos hélices ágil e eficiente, entrou a pleno vapor no canal e direcionou a proa para Trinidad. Havia algo de insolente, uma quase intolerável altivez, na velocidade e na agilidade da manobra. Obviamente, não fiz nenhum comentário. O que a gente sabe destas coisas? Menos ainda os educados funcionários das chancelarias, homens desgastados pela monotonia das recepções, pela besteira dos almoços de embaixada e pelas sutilezas de um protocolo tão inepto quanto inútil. Desci ao meu camarote e preferi dormir um pouco, antes que me chamassem para almoçar. Sentia uma opressão no peito, uma ansiedade sem nome ou causa evidente, uma espécie de má premonição tampouco possível de identificar. A imagem do *Alción* entrando nos meandros do delta acompanhou-me no sonho com uma fidelidade que queria dizer algo. Preferi não decifrar o seu sentido. A campainha do almoço despertou-me de repente. Não sabia onde estava nem que horas eram. Debaixo do chuveiro, do qual caía uma água morna e levemente lodosa, consegui atar os poucos cabos de que necessitava para conversar com os meus companheiros de viagem.

*

E assim terminaram os meus encontros com o velho cargueiro. As lembranças do abominável cargueiro passaram a fazer parte da coleção espontânea de imagens obsessivas que se confundem com as recordações minerais mais obstinadas do meu ser. Elas aparecem em meus sonhos com uma constância cada vez mais espaçada; sei muito bem, no entanto, que nunca desaparecerão inteiramente. Quando estou acordado, percebo que determinadas situações — mais, uma certa organização insólita da realidade — se apresentam de modo semelhante às visitas do velho cargueiro. À medida que o tempo passa, mais fundo, secreto e menos visitado é o lugar em que essas imagens se abrigam. É assim que trabalha o esquecimento: os nossos assuntos, de tão nossos, passam a ser estranhos por obra do poder mimético, ilusório e insistente do precário presente. Quando uma destas imagens retorna com uma intenção voraz de persistir, acontece aquilo que os cultos chamam de epifania. É uma experiência que pode ser arrasadora ou, então, simplesmente confirmar certas certezas poderosas, úteis para quem quer continuar vivendo. Eu disse que nunca mais vira o *tramp steamer*, e é verdade. Mas o fato é que voltei a ter notícias dele — para conhecer a desoladora plenitude da sua história. São raras as vezes em que os deuses permitem que os véus dissimuladores sejam afastados de determinadas zonas do passado: talvez isto se deva ao fato de que nem sempre estamos preparados para isso. Não sei em que medida podem ser felizes aqueles que *consultam oráculos mais elevados do que a sua dor*.

Meses depois da minha visita à foz do Orinoco, tive que passar uma longa temporada em uma refinaria que fica às margens de um grande rio navegável que cruza boa parte de meu país. Um longo e exasperante conflito sindical obrigou-me a ficar lá vários meses. Desempenhava tarefas que iam desde o exercício de uma simplória diplomacia sindical até a discreta intervenção em emissoras de rádio e jornais da região para que o público tomasse conhecimento de certos pontos de vista da empresa. Nos períodos de calma, ao invés de ir à capital de avião, optava por descer o rio até o grande porto marítimo. Viajava nos pequenos mas confortáveis rebocadores da companhia, que desciam empurrando grandes caravanas de balsas carregadas de combustível ou de asfalto. Cada rebocador tinha duas cabines de passageiros, que compartilhavam com o capitão a comida preparada por duas cozinheiras jamaicanas cujas habilidades não nos cansávamos de celebrar. A carne de porco com molho de passas de ameixas, o arroz com coco e banana frita, as suculentas sopas de peixe do rio e, o que era um complemento indispensável e sempre bem-vindo, o suco de pêra com vodca que, ao mesmo tempo em que refrescava milagrosamente, nos deixava com uma disposição esplêndida para admirar a paisagem sempre em mutação do rio e de suas margens, onde, graças à magia da espantosa bebida, acontecia de tudo a uma distância aveludada e feliz que nunca tentamos decifrar. (Vale esclarecer que sempre que nós, os passageiros mais apegados à viagem no rebocador, tentamos repetir em terra a mistura de vodca e suco de pêra, acabamos sofrendo uma desilusão irreparável. Demos, invariavelmente, de cara com uma bebida que, sinceramente, era impossível beber.) Durante a noite, depois de um longo bate-papo na pequena coberta onde ficávamos na esperança de que uma brisa ilusória nos refrescasse, caíamos na cama acalentados pelo riso das negras e o encanto de seu incompreensível mas fluente dialeto no qual o inglês fazia o papel de amortecedor lingüístico.

A greve não saía de seu estado explosivo. As negociações com o sindicato passaram a um estágio impregnado de volutas bizantinas que precisariam de muito tempo para ser aplainadas. Decidi, pois, viajar até o grande porto. Fui aos escritórios de nossa companhia de navegação para reservar um lugar no próximo rebocador. O empregado que sempre me atendia conversava, naquele momento, com um homem alto, magro, cabelos semigrisalhos e abundantes. O ligeiro sotaque entre o francês e o espanhol do norte do sujeito me deixou intrigado.

— O capitão viajará com o senhor — disse-me o funcionário, nos apresentando.

O homem virou-se para me olhar e com um sorriso amável, mas tisnado de um jeito ao mesmo tempo rude e agradável, apertou com firmeza a minha mão:

— Jon Iturri. Muito prazer.

Os olhos cinza, praticamente cobertos por grossas sobrancelhas, olhavam com aquela maneira característica de quem passou boa parte da vida no mar; são pessoas que encaram o interlocutor com firmeza, mas dão sempre a impressão de não perder de vista um ponto distante, um suposto horizonte, indeterminado mas sempre presente. Recebi os documentos que me dariam acesso ao rebocador. O capitão me esperara para sair comigo. Fomos até o bangalô onde estava instalado o refeitório. Já haviam chamado para o almoço. O homem caminhava com passo firme, um tanto militar, mas tinha aquele levíssimo movimento de cintura de quem mesmo em terra continua andando pelo convés. Não resisti à curiosidade e perguntei-lhe de supetão:

— O senhor me perdoe, capitão, mas o seu sotaque me deixou intrigado. Por favor, não fique chateado. É uma deformação minha que não consigo evitar.

O homem sorriu mais abertamente. Tinha uma dentadura perfeita que se destacava na pele queimada do rosto, contrastando com o bigode denso e negro.

— Eu o entendo. Não se preocupe. Estou acostumado. Nasci em Ainhoa, no País Basco francês. Meus pais eram de Bayona. Mas, por diversas circunstâncias familiares, fiz meus estudos em San Sebastián e comecei minha carreira de marinheiro logo depois em Bilbao. Sou totalmente bilíngüe, mas arrasto para um idioma o sotaque do outro. Outro motivo de curiosidade é meu nome. Aqui os americanos me chamam de John e lhes parece muito natural.

— Assim que ouvi o seu nome desconfiei que era de origem basca — respondi. — Tenho um amigo em Bilbao que também se chama Jon. É um excelente poeta.

Continuamos conversando e almoçamos juntos. Era um basco típico. Tinha aquela dignidade distante mas sem recato que sempre me atraiu nos bascos. Além desta virtude nacional, era possível perceber que havia nele uma zona que preservaria com habilidade de incursões estranhas. Dava a impressão de ter estado em um lugar parecido com os círculos do inferno de Dante, mas no qual os suplícios, ao invés de físicos, eram de ordem mental e particularmente dolorosos. Os interesses e recordações comuns que descobrimos neste nosso primeiro contato prenunciaram uma viagem agradável.

— Certa vez, em Ainhoa — contei —, desintegrou-se nas minhas mãos um automóvel alugado que me levava de Fuenterrabía a Bordeaux. Tive que dormir uma noite em um hotel da cidade cujo nome, não sei por que razão, ficou gravado na minha memória: Ohantzea.

— Há muitos anos, pertenceu a uns primos de meu pai — contou.

Sem que saibamos precisar o motivo, um detalhe como este pode às vezes nos instalar em um ambiente de plena cordialidade, mas não é estranho. Compartilhar, mesmo que fugazmente, uma paisagem ou um lugar de nossa infância faz com que a gente se sinta em família. E este sentimento, é claro, é mais acentuado naqueles que andam pelo mundo sem rumo ou residência estabelecida. Este era o nosso caso: ele, por sua condição de marinheiro; eu, por ter mudado muitas vezes de país, sempre por circunstâncias alheias à minha própria vontade.

O rebocador chegou três dias depois. Quando subi a bordo, era noite. A caravana de balsas que desceriam até o porto marítimo já estava pronta. Não vi Iturri ao tomar posse do meu camarote.

Coloquei minhas coisas em ordem e fui à coberta para esticar o corpo em uma daquelas cadeiras de lona que sempre estão à disposição dos passageiros. Quando digo coberta, faço uso de uma figura retórica. O pequeno retângulo de quatro metros por três que ficava sobre o teto do passadiço não merecia um nome tão generoso. Chegava-se a ele por uma escadinha. Cercava o lugar uma grade de metal pintada com as cores da companhia: vermelho, azul e branco. A brincadeira com a bandeira francesa era quase uma obrigação e ninguém lhe dava mais atenção. Não há vista que se possa comparar àquela que se tem do rio e das suas margens lá do alto daquele mirante privilegiado. Estiquei-me numa cadeira, preparado para admirar os detalhes da partida. A destreza e a coordenação necessárias para empurrar uma fieira de balsas carregadas de combustível através das curvas, rodeios e meandros do grande rio sempre me pareceram uma proeza difícil de ser superada. Estava assim quando senti que alguém subia pela escadinha. Era Iturri. Devo admitir que quase o havia esquecido, tão poderoso é o impacto que as manobras da navegação fluvial têm sobre mim. Sem cumprimentar e com a naturalidade de quem dá prosseguimento a uma conversa iniciada em outro lugar, o capitão comentou:

— Nunca procurei descobrir por que as manobras fluviais me irritam tanto. Elas têm alguma coisa que me faz lembrar uma estrada de ferro na água; na água que viaja com você ou que sobe contra a sua direção. Não é uma coisa séria, não lhe parece?

Fui obrigado a confessar que, pelo contrário, aquilo despertava não só a minha curiosidade, mas também o meu respeito. Eu considerava uma façanha ímpar empurrar rio abaixo, com eficiência, dez balsas carregadas até o topo com líquido inflamável.

— Não me leve a sério — respondeu o basco. — Nós, os homens do mar, vamos ficando meio maníacos. Quando estamos em terra, nos sentimos sempre um pouco deslocados e não sabemos apreciar bem as coisas que acontecem nela. Eu, por exemplo, detesto os trens. Tenho a impressão de que há um excesso de ferros e muito ruído para um esforço tão... tão bobo, diria eu.

Ri da honestidade básica, um pouco rude mas irrefutável, do marinheiro que sofria com a lerdeza e o torpor da vida em terra firme. Continuamos conversando, com longos intervalos de silêncio. Era a primeira vez que ele viajava em um rebocador da companhia. Além disso, não trabalhava para a empresa. Fora contratado para fazer uma investigação sobre dois acidentes consecutivos sofridos por um dos nossos navios-cisterna ao atracar em Aruba. A companhia de seguros o contratara para defender os seus interesses na perícia em curso. Foi obrigado a visitar a refinaria porque ela era o único lugar onde poderia ter acesso a certas informações sobre transporte de combustíveis em compartimentos estanques. Regressava agora para embarcar em um cargueiro belga que o levaria ao golfo de Aden. Ali o aguardava o cargo de capitão interino de um pequeno barco que fazia serviços de cabotagem nos países do golfo, transportando alimentos congelados. O capitão titular sofrera um choque diabético e ficaria fora de combate por muito tempo.

Nossa viagem até o porto marítimo duraria mais de dez dias. O rebocador pararia em vários lugares para deixar algumas balsas e recolher outras, vazias, que seriam levadas ao cais da companhia localizado na área de abastecimento do grande porto. Nem eu nem ele tínhamos pressa de chegar.

— Eu poderia ter viajado de avião — explicou Iturri — mas me pareceu mais interessante descer pelo rio. Eu também estava querendo descansar. Na verdade, sempre quis fazer uma viagem destas. Conheço pouco os rios e assim mesmo só os deltas; os deltas do Escalda, do Tâmisa e do Sena, no Havre. Nem todos são amistosos e seguros. Nem todos.

Senti alguma coisa nas palavras finais da frase; era como se fosse difícil pronunciá-las. Havia uma certa secura na sua garganta; poderia quase dizer que um grunhido surdo o sufocara inesperadamente. Ficou um bom tempo em silêncio; depois, falamos de outras coisas.

A mistura de vodca com pêra, que resolvemos — em homenagem à nossa compartilhada fidelidade aos bares de Barcelona, especialmente o Boadas e o do Hotel Savoy, onde a sabedoria dos espíritos chega a uma perfeição difícil de ser superada — batizar em catalão de *vodka amb pera*, tornava a rotina da viagem bastante agradável. As nossas experiências na cidade condal pareciam ser plágios. Os mesmos lugares, as mesmas críticas, a mesma fraqueza por certas particularidades da cidade, a mesma devoção comum ao porto grego de Ampurias e à merluza servida do clube náutico da Escala. Apesar do seu caráter basco, extremamente reservado, e da minha intenção de respeitá-lo, não me surpreendi ao ver que os temas das nossas conversas ficavam cada vez mais pessoais, mais íntimos. As confidências afloravam naturalmente. À cada noite, depois da terceira *vodka amb pera*, entrávamos no terreno das cautelosas confidências sentimentais, administradas com o cuidado que é próprio daqueles que evitam, com o máximo rigor, a exibição vaidosa ou o lugar-comum, já que nada acrescentam ao verdadeiro conhecimento das catástrofes secretas do coração — catástrofes que só podem ser compartilhadas em ocasiões que, de tão raras, acabam sendo tidas como inimagináveis.

Certa noite em que o calor chegou a ser quase insuportável, ficamos em nossas cadeiras contemplando o passeio lento da lua cheia por um céu escasso de nuvens, fenômeno raro naquela região. O efeito da luz na água e nas clareiras das montanhas marginais lembrava uma cenografia maeterlinckiana. Começamos a falar, naturalmente, sobre a região de Flandres, suas cidades, sua gente, sua cozinha. Era inevitável acabar falando de Antuérpia. Esta cidade, por tantas razões que a mim são muito caras, é, a meu ver, o porto mais encantador, aquele que tem, entre todos, o tráfego mais harmonioso. Isto se deve ao fato de que a navegação no Escalda é uma operação baseada em manobras delicadas e demoradas, que transformam a entrada e a saída das embarcações em uma espécie de balé marítimo. Como já disse, havíamos rompido a barreira que limita as confidências, e foi então que Iturri fez uma confissão que despertou imediatamente o meu interesse, de uma forma muito especial.

— Em Antuérpia — disse — encontrei, pela primeira vez, as pessoas que mudaram totalmente a minha vida. Uma delas era um libanês, meio armador, meio comerciante, hábil e gentil como a maioria de seus compatriotas; o outro, seu sócio e amigo, um homem de nacionalidade indefinida que naquela época andava pelo Mediterrâneo fazendo negócios dos mais diversos tipos, nem sempre afinados com a ética convencional. Encontramo-nos em um restaurante indonésio do porto, onde comíamos, entediados, aqueles pratos orientais que são feitos mais para tirar o apetite do que qualquer outra coisa. Reclamamos ao mesmo tempo, eles e eu, de alguma falha do serviço, e terminamos saindo juntos para comer, em um humilde bistrô, a mais comum e farta comida belga. Ali minha vida tomou um rumo que eu jamais poderia prever.

— Mas como foi acontecer uma coisa dessas? Não posso compreender como a vida de uma pessoa que tem um caráter como o seu possa dar uma volta de noventa graus. Não é esta a maneira de ser de seus compatriotas. Eles são rebeldes e nem um pouco conformistas, é certo, mas morrem respeitando as suas leis, no povoado em que nasceram e exercendo o ofício que aprenderam na juventude — comentei, achando muito estranho que alguém como Iturri tivesse passado por mudanças tão radicais.

— Não acredite nestas idéias. As pessoas têm que estar sempre preparadas para surpresas que podem amadurecer e vir à tona sem que tenham percebido o processo. Geralmente são coisas que começaram muito tempo atrás. O fato é que uma pessoa como eu, que havia se imposto uma regra inflexível de só trabalhar em companhias de navegação razoavelmente conhecidas e de evitar qualquer tipo de experiências ou de aventuras pessoais, acabou sendo sócia e comandante de um cargueiro que dava a impressão de que iria afundar a qualquer momento. Eu nunca vira semelhante espantalho.

Alguma coisa se agitou imediatamente em minha memória. E perguntei ao meu amigo, revelando uma curiosidade que o deixou intrigado:

— O barco estava fundeado em Antuérpia e dali você zarpou com ele? Você conhece a rigidez das regras que o porto adota em relação a navios aventureiros, e sabe quais são as condições de manutenção que as autoridades locais exigem dos navios para permitir que atraquem no cais.

— Não, claro. O barco não estava em Antuérpia — respondeu, rindo dos meus conhecimentos náuticos, que não iam muito além daquilo. — Para ser preciso, ele me foi entregue em Pola, no Mar Adriático. Você deveria tê-lo visto. O aspecto ruinoso chegava a ser um espetáculo. O nome também era fantasioso, meio fora de órbita. Era o da ave mítica que faz ninho no centro do mar ou, se você prefere, o dos esposos que pretenderam ser mais felizes do que Zeus e Hera.

Um ligeiro calafrio percorreu a minha espinha. Certas coincidências atentam de tal maneira contra qualquer previsibilidade que chegam a ser insuportáveis. Elas sugerem que existe um mundo regido por leis que não conhecemos nem pertencem ao nosso senso comum. Com uma voz que deixava claro o desconforto que sentia, só consegui pronunciar:

— *Alción*?

— Sim — disse Iturri, olhando intrigado.

— Temo — disse eu — que está se fechando aqui, para mim, um enigma circular que chegou a me preocupar extraordinariamente e a invadir não apenas muitas horas da minha vigília, mas boa parte dos meus sonhos.

— Como é? Não consigo entendê-lo. — As sobrancelhas de Iturri se juntavam sobre os seus olhos cinza com uma atitude felina que não era ameaçadora, mas revelava um estado de alerta e ansiedade.

Fiz um resumo bastante apressado dos meus encontros com o *Alción* e o que significaram para mim. Falei, também, da solidariedade fervorosa que o barco acabou despertando em mim, e do nosso último encontro na foz do Orinoco. Iturri ficou muito tempo em silêncio. Eu também não queria dizer nada. Cada um de nós tinha que reordenar os elementos de nossa recente relação e o vertiginoso tráfego de fantasmas despertados por obra de um acaso quase inconcebível. Quando já supunha que o diálogo não continuaria naquela noite, ouvi-o dizer, em voz baixa:

— *Anzoátegui*, a lancha da marinha se chamava *Anzoátegui*. Meu Deus! Que caminhos a vida escolhe! E há quem imagine tê-los sob seu arbítrio. Como somos inocentes! Estamos sempre tateando na obscuridade. Mas isto também não muda nada.

A sua resignação flutuava com nobreza quevediana. Em um tom de voz mais natural e como que tentando levar o assunto para uma trivialidade rotineira que pudesse torná-lo mais suportável, comentou:

— E assim, o pobre cargueiro, que durante vários anos nem ao menos o nome completo exibiu na popa, acabou sendo tão próximo e obsessivo para você como para mim. Só que, no meu caso, a vida escapou por essa fenda. A vida que pretendi viver, é claro. A vida atual é uma tarefa da qual só participo com o corpo. Não é que tenha perdido tudo. É que perdi a única coisa que valia a pena ter para continuar apostando contra a morte.

Havia tal desolação, tão despojada distância em suas palavras, que quis — ingênuo que sou — socorrê-lo com um comentário, inócuo:

— Eu acredito que é assim que terminam quase todos aqueles que, como nós, optam por uma vida de andarilho, uma vida sem rumo.

Voltou a olhar-me como se olha uma criança que tivesse feito na mesa um comentário que só a pouca idade torna desculpável.

— Não — corrigiu-me —, não se trata disso. Eu falo de um tipo de naufrágio que leva tudo ao fundo, irremediavelmente. É quando nada sobra. No entanto, a memória, incansável, continua tecendo, para que não deixemos de lembrar o reino perdido.

Acho que se você esteve tão perto e ligado de forma tão profunda à sorte do *Alción*, é mais do que natural, e até justo, que conheça a outra parte da história. Uma noite destas a contarei inteira. Hoje, não conseguiria fazê-lo. Preciso assimilar esta obra do acaso; de repente, ele nos uniu, e isto está muito além de um encontro circunstancial em um rebocador. Estamos juntos há muito mais tempo; viemos juntos de muito mais longe.

Assenti com a cabeça. Não tinha à mão palavras que pudessem complementar as dele. O que ele dizia era, simplesmente, aquilo que eu pensava. Fomos dormir muito depois de o relógio da cabine do piloto, em cujo teto descansávamos, anunciar a meia-noite. Despedimo-nos com um desejo de "boa noite" no qual era perceptível um novo tom, o tom de uma certa cumplicidade, de uma recente e fraternal cumplicidade que inaugurava uma trilha distinta, nova, em nossas vidas erráticas.

Voltei a sonhar com o velho cargueiro. Eram episódios vertiginosos e desordenados em que o velho navio justificava a sua existência através de sinais indecifráveis que iam acumulando dentro de mim um vago mal-estar, uma surda e inexplicável culpa. De madrugada, quando as primeiras luzes, atravessando as finas cortinas da clarabóia, bateram no meu rosto, o *Alción* apresentou-se a mim. Estava recém-pintado. As cores eram refulgentes e límpidas: o casco cor de cobre lembrava sangue seco; as cobertas eram creme suave; uma listra azul-celeste percorria toda a área dos camarotes e da coberta dos oficiais e a ponte de comando. A chaminé também era creme e também tinha uma listra azul. "Quem teve a idéia de pintar o barco com estas cores? Que coisa ridícula!", pensei, no clarão de um semi-sono, antes de despertar completamente. Naquele momento, o rebocador começou a dirigir-se para a margem. Logo depois, atracava em um pequeno povoado com casas de teto de palha e algumas poucas lâminas de zinco. O lugar era particularmente desprezível e miserável. Naquilo que devia ser um quartel, uma bandeira tricolor tremulava com uma indolência que acentuava ainda mais o clima esmagadoramente abafado. Dois aviões Catalina da Infantaria da Marinha, pintados de cinza, estavam amarrados à ponta de um frágil cais de madeira.

— É La Plata — explicou o prático que passava diante do meu camarote. — Faz tempo que o pessoal daqui tem a maior bronca com quem é de fora. Vamos deixar a balsa com o óleo diesel e seguir viagem imediatamente.

Tanto o lugar quanto a explicação do prático não me disseram nada. Entrei para tomar uma chuveirada. Tinha ficado de acompanhar o basco no café da manhã. Iturri estava tomando banho no camarote ao lado. O barulho da água era tão grande que dava a impressão de que ele estava fazendo ginástica debaixo do chuveiro. O detalhe me comoveu de uma maneira toda especial. Havia uma coisa próxima, quase familiar, naquele chapinhar. O entusiasmo inusitado me fez lembrar os banhos matinais do internato de Bruxelas. Que tipo de cabos você acaba conectando quando há uma intervenção do acaso abusivo e indecifrável!

Durante o café da manhã, tão breve quanto frugal (ambos preferíamos chá com torradas e manteiga), falamos de coisas sem importância: o porto, os aviões, a perpétua situação de violência que se propagava pelo rio; enfim, nada que tivesse relação com as nossas vidas, vidas que, cada um à sua maneira, sentíamos projetadas até outros horizontes, outros climas, outra gente. Quais? Nenhum de nós teria conseguido responder a esta pergunta com precisão científica.

Poucos dias depois, entramos no trecho final do rio. Ali, as águas se espalham por vastos pântanos, manguezais e terras que ficam inundadas durante quase todo o ano. É difícil identificar o leito original do rio. Apesar dos longos anos de experiência — na maioria das vezes herdada de seus pais, que lhes transmitiram o ofício — os comandantes das embarcações que se dirigem ao mar costumam navegar com extrema prudência e muitos deles preferem passar a noite com os barcos ancorados. Perder-se nas lagoas e manguezais significa, na maioria das vezes, perder o barco e colocar em grande risco passageiros e tripulantes. A superfície sem limites da água reflete um sol implacável que cega os pilotos. São incontáveis os casos de embarcações cujos ocupantes morreram de fome e de sede, torrados pelo sol e devorados pelos insetos. É claro que os problemas se multiplicam quando, além das dificuldades naturais, é necessário empurrar com êxito até o porto final dez balsas carregadas de derivados de petróleo e outras tantas vazias. Os capitães dos rebocadores a serviço das companhias petrolíferas são obrigados a seguir uma regra rígida que determina que passem a noite com as embarcações ancoradas perto das margens irregulares que cercam o leito principal do rio.

*

O calor aumentava à medida que nos aproximávamos do delta. Os tripulantes estenderam sobre o teto da cabine onde ficavam as nossas cadeiras um enorme mosquiteiro que luzia como uma tenda no deserto. Eles sabiam que à noite os motores eram desligados, os aparelhos de ar-condicionado paravam de funcionar, e tornava-se impossível dormir nos camarotes. Assim, sem que a gente percebesse, a rotina das nossas vidas a bordo passou por uma mudança radical: dormíamos de dia, quando o rebocador avançava e, à noite, ficávamos na pequena coberta à espera da aurora e protegidos dos mosquitos.

Iturri me contou a sua história ao longo daquelas noites intermináveis. O fato de ser testemunha de alguns dos momentos mais cruciais da vida do *Alción* e da de seu capitão dava-me o direito inalienável de ouvir a sua comovedora confidência.

— É a primeira e a última vez que falo disso. Você pode contar a história a quem quiser e quando quiser. Não tem a menor importância. Não me importa. Na verdade, Jon Iturri deixou de existir. Nada mais pode atingir a sombra que anda pelo mundo usando o seu nome.

Disse isto sem tristeza e quase sem o conformismo dos vencidos. Usou um tom impessoal, como quem dá uma aula sobre um processo químico. Falou durante várias noites seguidas e minhas raras interrupções tiveram o propósito de localizar um lugar, de reforçar uma recordação mútua, para darlhe mais exatidão. Não se perdia em considerações paralelas nem em descrições minuciosas, mas caía, freqüentemente, em longos silêncios, que eu só interrompia com muito cuidado. Nestes momentos, ele parecia uma pessoa que sai à superfície da água, se abastece de ar e volta a mergulhar nas profundezas. A história começou com uma daquelas negociações comerciais que fazem parte da vida de qualquer capitão de navio, mas vale a pena contá-la desde o início. O destino começou a tecer seus fios já no primeiro instante; é interessante acompanhar as suas maquinações.

O libanês e o sócio com os quais Iturri havia jantado em Antuérpia voltaram a procurá-lo no hotel três dias depois. O armador de Beirute, homem de gestos discretos e palavras gentis, mas nunca melífluo, explicou que queria lhe propor um negócio. Tivera a melhor impressão dele. E se permitira levantar algumas informações sobre a sua conduta como capitão de navio. Os resultados só dignificavam a reputação do homem do mar. Seu amigo e sócio ali presente não estava envolvido no negócio que o libanês iria propor, mas como era quase um membro de sua família, poderia fornecer informações valiosas sobre a operação em questão. Neste ponto do relato, o basco voltou a insistir no caráter dos personagens. O libanês se chamava Abdul Bashur e tinha uma boa reputação nos meios comerciais, aduaneiros e bancários, não apenas de Antuérpia como de outros portos da Europa. Estava, de fato, envolvido com uma grande variedade de interesses e atividades. Nem todas eram muito claras ou estreitamente relacionadas com o trabalho de um armador, mas isso era comum nos levantinos, fossem eles libaneses, sírios ou tunisianos. Iturri estava acostumado a essas oscilações de caráter, e elas não o surpreendiam nem preocupavam. Não conseguiu entender com clareza o nome do outro, mas percebeu que ele também era chamado de Gaviero. Bashur o tratava com uma intimidade absoluta; ouvia-o com muita atenção quando falava de assuntos relacionados ao comércio marítimo e à operação de cargueiros nos mais remotos lugares do mundo. O basco não conseguiu descobrir se Gaviero era um apelido, um sobrenome ou simplesmente uma designação ligada a alguma atividade que exercera na juventude. Era um homem de poucas palavras, dotado de um senso de humor peculiar e corrosivo, muito cuidadoso e sensível em relação aos amigos, conhecedor das mais inusitadas profissões e, sem ser um mulherengo muito consciente, seria quase possível dizer que era dependente da presença feminina. Fazia, freqüentemente, a este respeito, ligeiras alusões e dava explicações a Bashur, que se limitava a registrá-las com um vago sorriso.

Antes de dar prosseguimento à história do capitão, devo fazer um breve aparte. No momento em que ele mencionou os nomes de Bashur e Gaviero, senti-me na obrigação de contar-lhe que conhecia muito o primeiro de nome, precisamente pela boca do segundo, um velho amigo meu cujas confidências e relatos estava reunindo há muitos anos por considerá-los interessantes para quem gosta de conhecer as vidas extraordinárias dos seres excepcionais, das pessoas que vivem fora do leito banal da cinzenta rotina de nossos tempos de resignada estupidez. Achei, no entanto, que, se o narrador soubesse dos meus vínculos com aquela pessoa, poderia interromper suas confidências ou suprimir delas os episódios que envolvessem Bashur ou Gaviero. Preferi, então, calar. Quando o marinheiro basco terminou a sua história, dei-me conta de que agira corretamente; não teria contribuído em nada deixar que fosse informado sobre um passado que para ele estava, claramente, sepultado para sempre — se não no esquecimento, na treva irrevogável daquilo que nunca há de voltar. Outra razão que me levou a ocultar a minha relação com aqueles homens foi o fato de ela ser uma segunda casualidade, o que poderia despertar nos rudes recônditos do espírito do basco uma desconfiança compreensível, ou, pelo menos, um certo retraimento diante de tão recorrentes quanto extraordinárias coincidências. O acaso é sempre suspeito, são muitas as máscaras que o imitam. Bem, voltemos agora ao capitão do *Alción*.

A proposta que lhe fizeram era muito simples mas, como já havia me dito, aceitá-la seria romper com o seu princípio de só trabalhar para as grandes linhas de navegação e evitar sempre a tortuosa e imprevisível aventura dos *tramp steamers*. Queriam, agora, que ele operasse, em uma sociedade por partes iguais com um outro parceiro, um cargueiro que estava sendo reparado nos estaleiros de Pola. Era um barco de seis mil toneladas, com amplos porões e dois guindastes. Mesmo trabalhando há trinta anos sem passar por reformas maiores, as máquinas estavam em bom estado. O barco pertencia a uma irmã de Bashur. Herança de um tio seu. Warda, este era o nome da mulher, desejava distanciar-se dos negócios administrados em comum pela família. A operação do barco poderia gerar uma renda que lhe permitiria realizar os seus objetivos. Abdul não entrou em muitos detalhes a este respeito, mas era fácil deduzir que Warda estava mais europeizada do que as suas outras duas irmãs, e mais ainda do que os seus muitos irmãos. Abdul não via com maus olhos esse desejo de independência da irmã, mas queria, obviamente, que ela o satisfizesse sem prejudicar os negócios que o restante dos Bashur administrava em grupo. Iturri receberia metade daquilo que sobrasse após a dedução dos gastos e do pagamento de impostos. A proposta era interessante, mas, logicamente, havia duas condições básicas a serem observadas antes de qualquer decisão: conhecer o barco e conversar com a sua proprietária. Ao mencionar esta última, o capitão percebeu que uma sombra passava pelo olhar de Gaviero. Mais do que uma sombra, parecia ser uma curiosidade precipitada e nebulosa a respeito do que o encontro poderia provocar em uma pessoa como aquele estranho homem, originário das vielas sombrias de uma terra repleta de montanhas que protegem uma gente singular e imprevisível. Estou quase certo de que o meu companheiro de viagem só chegou muito depois a estas conclusões a respeito do significado do olhar de Gaviero. Era mais razoável acreditar que aquilo que dominou o olhar do sócio de Bashur tenha sido um "logo verás" carregado de incertas promessas.

Bashur concordou com as condições. Os gastos com a viagem a Pola correriam por conta da proprietária do velho cargueiro. Iturri ainda tinha vários compromissos em Antuérpia. Acertaram partir para a Itália uma semana depois. Jon usou este tempo para informar-se sobre Bashur e seus sócios. Já disse quais foram os resultados desta investigação. O gerente de um banco hispano-francês que era amigo de Jon Iturri — os dois tinham o hábito de jogar de vez em quando algumas partidas de bilhar — resumiu a sua opinião em algumas poucas palavras que definiram a dupla com muita exatidão:

— Olhe —disse lhe —, estes dois gostam de honrar a sua palavra e os seus compromissos. São parceiros em muitas coisas. Nem todas elas estão rigorosamente dentro dos limites das leis e dos costumes. O tal Gaviero andou, por exemplo, com uma mulher de Trieste que também foi amante de Bashur, mas nem por isso a amizade deles foi afetada. A triestina inventava operações financeiras tão surpreendentes e arriscadas que chegavam à beira do delírio. Mas, no final, eles se saíam bem de tudo e acabavam morrendo de rir. Não acredito que Bashur tenha tido o apoio de seus irmãos nestas ações extremadas. Eles são mais assentados, mais sérios, mas nem por isso menos implacáveis quando há dinheiro em jogo. Sei muito pouco sobre a irmã. Parece-me que a esconderam até agora. Você sabe como são os muçulmanos em relação a essas coisas. O fato de estar querendo se emancipar agora é pelo menos um forte sinal de que tem um grande caráter. Acho que você deve ir, ver, conversar.

Assim fez. Sinto-me agora na obrigação de usar a memória o mais fielmente possível. Quero transcrever as palavras de Iturri. Se eu não relatar certos detalhes que ele sublinhou enfaticamente, o seu encontro com Warda a bordo do *Alción* corre o risco de cair na débil superficialidade das histórias do gênero cor-de-rosa. Tratarei, pois, de ser extremamente fiel às palavras do meu amigo.

Já era noite quando chegaram a Pola. A viagem durou quase dois dias. Foram muitas as trocas de trem e as longas esperas em estações ferroviárias semiparalisadas pelas endêmicas greves italianas. Bashur e Gaviero seguiram para o cais. Queriam dormir no barco. O capitão preferiu ficar em um hotel do porto. Tinha a impressão de que eles queriam conversar primeiro, sem testemunhas, com a proprietária do *Alción*. Jon caiu na cama como um tronco e dormiu até às nove da manhã seguinte. Quando abriu a janela do seu quarto, percebeu que estava diante do cais. Bastava atravessar a rua para internar-se nele. Eram muitos os navios que carregavam e descarregavam, mas nenhum lhe pareceu ter as características singulares do barco que, em breve, poderia ser seu, em parte seu. Lembrou que haviam lhe dito que estava no estaleiro, onde passava por uma manutenção banal. Quando desceu,

Bashur e seu amigo o esperavam na rua. Andavam diante do hotel, abstraídos em uma conversa que nada tinha a ver com o motivo da viagem. "Estes dois pássaros", pensou, "devem carregar nas garras coisas muito mais complicadas e sombrias do que a história do cargueiro. Não gostaria de tê-los jamais como inimigos." Foi saudado muito cordialmente pelos dois e começaram a caminhar até o cais. Iturri comentou que não havia visto o barco da janela do seu quarto.

— Ele está atrás do navio de turismo sueco que vai para Tblisi, capital da Geórgia — explicou Gaviero, em um tom que pareceu irônico ao basco.

Continuaram andando e, efetivamente, atrás do grande transatlântico de impoluta brancura estava, recostado no cais, o *Alción*, em atitude cansada. Havia sido ligeiramente remoçado, providência que não conseguira, porém, esconder as marcas de um longo navegar pelos climas e pelas latitudes mais inclementes do globo. O basco já havia conhecido toda sorte de barcos com longas histórias e notáveis cicatrizes. A aviltada andadura do *Alción* superava todos. Sentiu o coração encolher. Em que ia se meter ao navegar com aquele dejeto de porto em porto à procura de uma carga hipotética? A sua gente fizera do silêncio uma arma de aço, insondável. Sem dizer palavra, subiu atrás dos homens que continuavam, com maneiras um tanto discutíveis, o diálogo que começara na rua. Entraram em um aposento que devia ser a cabine do capitão. Estava recém-pintada; os bronzes, polidos com uma minúcia aceitável, mas o leito, a mesa — uma das suas extremidades estava fixada à parede por duas dobradiças que permitiam erguê-la e fixá-la para criar mais espaço — e duas cadeiras de mogno pesado atestavam um uso implacável, impossível de maquilar, um desgaste irremediável, quase digno de um museu. Eram, evidentemente, anteriores à Grande Guerra. Bashur tirou umas plantas amareladas de uma pequena cômoda presa sobre o leito e abriu-as em cima da mesa. Eram as plantas do barco. Usando-as, começou a explicar ao possível sócio de sua irmã as características da nave.

— Já percorreremos a casa das máquinas, os porões e tudo o que queira ver. Não queremos de modo algum que tome uma decisão precipitada.

Sei que o barco não é, precisamente, um modelo que desperte otimismo. Mas as aparências enganam: ele é muito mais resistente do que o seu aspecto leva a crer.

"Conversa de levantino e verdade em partes iguais", pensou Iturri, concentrando-se no estudo das plantas. Fazia isso quando sentiu que a luz que entrava pela porta dava lugar a uma semi-escuridão repentina. Alguém o olhava do umbral. Levantou a cabeça e não conseguiu dizer nada. O que viu era praticamente impossível de ser traduzido em palavras. Um brilho de malícia nos olhos de Gaviero lhe transmitiu um mudo "eu falei", ao mesmo tempo insolente e benevolente.

Warda, a irmã de Bashur, os observava de um a um. Havia começado com o capitão e agora se detinha em Abdul. "Era uma aparição de uma beleza absoluta", procuro reconstruir as palavras do marinheiro na noite do grande rio. "Alta, o rosto harmonioso com traços mediterrâneos orientais que se afinavam até parecerem helênicos. Os olhos eram grandes e negros. O olhar, lento e inteligente, não comportava a pressa ou a revelação de uma emoção desmesurada, coisas que teriam sido consideradas como manifestações de uma desordem inconcebível. Os cabelos, quase azuis de tão negros, caíam sobre os ombros retos que lembravam um *kouro* do Museu de Atenas. As cadeiras estreitas, de suaves curvas que terminavam em pernas longas e levemente cheias, semelhantes às de algumas Vênus do Museu do Vaticano, davam ao corpo ereto um toque definitivamente feminino que dissipava de imediato um certo ar de efebo. Os seios amplos e firmes completavam o efeito das cadeiras. Tinha uma jaqueta de alpaca azul sobre os ombros e usava uma saia pregueada da cor de tabaco claro. Uma blusa de seda de corte clássico e um cachecol de seda com losangos verdes, roxos e marrons jogado com simplicidade ao redor do pescoço contribuíam para dar ao conjunto um verniz europeu — ocidental, diria melhor — que era, evidentemente, proposital. Os lábios — um pouco salientes e perfeitamente desenhados — insinuaram um sorriso, e as sobrancelhas negras — densas mas sem chegar a quebrar a harmonia do rosto — se distenderam simultaneamente. 'Bom dia, senhores', saudou em francês, sem tentar ocultar um acento árabe que me pareceu particularmente gracioso. Tinha uma voz firme; os tons baixos chegavam a alcançar uma rouquidão ligeira e involuntária, mas de uma sensualidade desconcertante. Beijou, com um ar mundano que tirava do gesto qualquer conotação familiar, o irmão na maçã do rosto, e apertou as nossas mãos com firmeza, o braço esticado como que querendo estabelecer uma distância impessoal e evidente." Creio que não é demais advertir os meus leitores de que certas alusões museográficas feitas nesta descrição estão aí por minha conta. Iturri mencionou algo como "aquelas estátuas de mulher que há em Roma" ou "os *kouroi* que há em Atenas". Relatou, em seguida, sua visita até ao mais recôndito compartimento do barco. Contou como Warda demonstrou, com autoridade suficiente, conhecer em detalhe as máquinas, a capacidade dos porões e o funcionamento dos guindastes. Caminhava passo a passo com os homens que a acompanhavam, com um andar firme e decidido, mas que jamais poderia ser classificado de esportivo. "Era cem por cento levantina", esclareceu Iturri, "e sua vontade de assumir as modas e a vida ocidental não alterava em nada os sinais inequívocos, essenciais, próprios de sua raça. Mais: à medida que a conhecia melhor, você se dava conta de que estava não apenas feliz, mas sim orgulhosa de ter sangue árabe."

Voltaram à cabine, onde deveriam continuar a conversa, mas Warda propôs que fossem para o átrio do hotel onde se hospedava. "Teremos mais conforto e poderemos beber alguma coisa, mas quem sabe o capitão ainda queira ver algo mais?" Pela cabeça de Jon chegou a passar a idéia de fazer uma galanteria digna de um colegial, dizer alguma coisa como "aqui não há nada para ver além de você". Foi apenas uma tentação, logo reprimida, mas era curioso que ainda a recordasse. "Não, é suficiente. Por mim, podemos ir já", foi o que disse, buscando a proteção de suas espontâneas porém impecáveis maneiras de basco de boa cepa. Percebeu, então, que de vez em quando Warda o olhava com um interesse que não era desprovido de curiosidade. Procurava, seguramente, avaliar as qualificações profissionais do homem de quem ia depender, no futuro, boa parte da sua vida prática. Quando, na descida da escada, ele cedeu-lhe a vez, Warda olhou-o e sorriu, revelando dentes grandes e regulares, de um branco que lembrava o marfim. A pele tinha um tom oliváceo que era ressaltado — intencionalmente, como era evidente — pelas cores das roupas que usava. "O sorriso foi de aprovação", explicou-me Jon com uma seriedade até certo ponto comovente, "de reconhecimento não apenas das minhas qualidades de marinheiro, mas também de alguma coisa mais pessoal. Mas nada além de uma demonstração de satisfação com algumas particularidades exteriores de meu aspecto e de minhas maneiras. Já de minha parte, eu estava completamente dominado por aquela mistura de beleza inconcebível, inteligência firme e caráter solidamente definido, que deixava claro o seu propósito de romper todas as amarras que a atassem ao totem familiar e secular de sua gente. No átrio do pequeno e elegante hotel de Pola onde se hospedava Warda, continuamos falando do negócio. Os irmãos pediram suco de frutas; ainda que não professassem a religião islâmica, pareciam respeitar, ocasionalmente, certas regras do alcorão.

Tive a impressão de que Abdul teria, como nós, pedido alguma bebida alcoólica, mas não quis fazê-lo por causa da presença da irmã menor. Gaviero pediu um Campari com gim e gelo e eu o acompanhei, jogando por terra o meu princípio de jamais beber álcool antes do meio-dia. Este e outros sintomas muito evidentes começavam a indicar-me que alguma coisa mudava em mim para sempre, e mais: que esta mudança tinha origem na presença de Warda. Outro desses sinais foi ter aceitado, sem maiores preâmbulos, as condições do acerto com os Bashur. Até hoje não consigo lembrar com exatidão todas as cláusulas do acordo. A única coisa que permanece clara em minha memória são as poucas, mas categóricas, intervenções da irmã de Abdul, todas relacionadas com a forma de como o barco deveria ser gerenciado comercialmente: 'Não quero que se comprometa a transportar nenhum tipo de carga que possa representar alguma espécie de risco. Deve evitar qualquer conflito com as companhias de seguro e as autoridades aduaneiras', declarou, enquanto olhava com firmeza deliberada para Gaviero e seu irmão. Eles deviam saber muito bem do que se tratava; olharam-se sorrindo, mas não fizeram nenhum comentário. Eu não poderei esquecer jamais de uma outra condição imposta, de forma igualmente peremptória, por Warda, e você logo verá por quê: 'Desejo supervisionar pessoal e periodicamente a administração comercial do barco. Quero que o senhor, capitão, faça-me o favor de me manter informada sobre os seus caminhos e eu farei com que saiba em que porto deveremos nos encontrar. É claro que o senhor terá absoluta autonomia e total liberdade em relação a tudo o que diga respeito à manutenção, contratação de pessoal e viagens do *Alción*.'"

Iturri concordou de imediato, sem parar para refletir sobre o que poderiam significar aqueles encontros sucessivos e a responsabilidade pressuposta na prestação de contas de seu trabalho. Ficou estabelecido que a regularização notarial do acordo e o registro correspondente nas agências portuárias seriam feitos em Pola o mais breve possível. Warda foi a primeira a ficar em pé e despedir-se. Queria descansar um pouco, disse, porque havia viajado toda a noite em um trem detestável que a trouxera de Viena. Quando apertou a mão de Iturri, disse-lhe, meio séria, meio sorridente:

— Estou certa de que o *Alción* terá um excelente capitão e o senhor, uma sócia que não lhe trará problemas. Diga-me, seu pai ou sua mãe eram ingleses?

— Não — respondeu-lhe, divertido, porque conhecia o motivo da pergunta. — Todos os meus antepassados são bascos e vivem há séculos na mesma região. Se pergunta por causa do meu nome, é uma simples casualidade. Jon é um nome tão basco quanto Iñaki. Escreve-se sem o agá do nome inglês.

— Muito bem — disse ela —, levarei isso em conta, mas eu teria colocado o agá, teria enfiado o pé na porta.

Jon limitou-se a balançar a cabeça em sinal de que aquilo não tinha nenhuma importância. Os três homens ficaram mais um tempo, acertando detalhes do contrato. Depois, foram comer em uma taberna do porto. As conversas giraram em torno de histórias do mar. A maioria foi relatada por Gaviero, cuja experiência neste campo parecia ser inesgotável.

— A minha primeira impressão a respeito do sócio de Bashur mudou totalmente — esclareceu o basco. — Percebi que os meus preconceitos nacionais, provincianos, não haviam permitido que eu percebesse logo a enorme riqueza de experiência e a humanidade densa e calorosa daquele homem. Nunca soube qual era a sua nacionalidade e nem mesmo a pronúncia de seu nome, que tinha uma longínqua semelhança com o escocês, mas também poderia ser turco ou iraniano. Soube que viajava com passaporte de Chipre, mas isso não quer dizer nada. Ele próprio insinuou que não confiasse na autenticidade do documento.

Bashur e o amigo viajaram no dia seguinte para Antuérpia. Warda disse que também regressaria a Viena tão logo estivessem prontos os papéis que deveria assinar juntamente com Jon, o que aconteceu um dia depois da partida de Bashur. Iturri levou os seus objetos para o barco e arrumou o seu camarote com minúcia de colegial. Passaria ali um tempo indeterminado, mas que, de acordo com o contrato, não seria inferior a dois anos. Entrevistou logo quatro mecânicos e um contramestre que haviam sido recomendados por uma oficina do porto, e passou a procurar o resto da tripulação em listas de trabalhadores disponíveis pregadas nos grandes portões de entrada do cais. Lia uma delas quando foi surpreendido pela voz de Warda, que lhe falava quase ao ouvido, às suas costas.

— Eu não confiaria muito nestas listas. Mas isto é com o senhor. Não quero que ache que sou uma pessoa desconfiada.

Voltou-se para olhá-la, e o fato de ela estar vestindo uma roupa diferente deixou-o um pouco desconcertado. A beleza da jovem tirou-lhe mais uma vez as palavras. Ela vestia um traje leve de algodão com grandes flores em tom pastel. De novo, sobre os ombros, uma jaqueta comprida de lã crua.

— Eu já a imaginava em Viena — comentou ele, só para não ficar calado.

— Mas como pôde pensar que eu viajaria sem me despedir do meu sócio? E depois, ainda temos sobre o que falar. O senhor tem algum compromisso para o jantar de hoje à noite? — perguntou Warda.

— Não, estou livre. Onde quer que jantemos? — respondeu, meio descrente, meio curioso diante da possibilidade de jantar a sós com ela.

— Não sei se o senhor é um grande entusiasta de *frutti di mare*. A mim, eles cansam um pouco. Há uma taberna iugoslava na rua que fica atrás do hotel onde o senhor se hospedou. Que tal nos encontrarmos lá às oito?

Não conseguiu conter-se e sugeriu que poderia passar no hotel para pegá-la.

— O senhor é muito amável, mas sei cuidar de mim muito bem e gosto de caminhar olhando as vitrines da rua principal, coisa que deixa os homens irritados.

Nas palavras de Warda, havia sempre um convite dissimulado para que ele respondesse com alguma galanteria. Ao menos é assim que parecia a Iturri, que esteve a ponto de dizer-lhe que, ao invés de aborrecê-lo, achava o programa encantador. Mas não o fez. Um instinto perspicaz mantinha-o afastado de semelhantes tentações. Ela parecia demonstrar, através dos seus gestos circunspectos, de uma certa autoridade na maneira de falar, que não era daquelas mulheres que gostam de jogar com galanteios fáceis. Jon limitou-se, pois, a confirmar que estaria na taberna à hora indicada e ela se despediu com o habitual aperto firme de mão. Jon havia perdido a vontade de continuar lendo as tais listas e foi ao barco ordenar ao contramestre — um argelino de olhar turvo, mas de caráter manso e gestos lentos que inspiravam plena confiança — que se encarregasse de encontrar os homens que faltavam. Pelo menos aqueles necessários para a primeira viagem. Queria ir primeiro a Hamburgo, onde comerciantes de café que eram seus amigos poderiam confiar-lhe mercadorias a serem levadas aos países da Escandinávia e alguns portos do Báltico.

Quando chegou ao restaurante, ela já o esperava. Ele comentou preguiçosamente que, ao que parecia, não havia vitrines muito interessantes no trajeto do hotel ao restaurante.

— Nem interessantes nem de classe alguma. Não há nada. Esta é uma cidade morta, boa para veranistas desorientados. É o tipo de lugar que me deprime facilmente.

Iturri pensou que a educação da irmã menor dos Bashur devia custar à família mais do que uma dor de cabeça. A comida era excelente e o vinho, melhor ainda: um branco da Bósnia ligeiramente rascante, com leve aroma frutal de uma naturalidade indiscutível. Falaram de Hamburgo, dos projetos para o futuro e de como fariam para ficar em contato. Ela daria ao capitão o número de uma caixa postal de Marselha e dali alguém tomaria as providências para que as cartas a alcançassem onde estivesse. Ele lhe perguntou se pensava em viajar muito.

— Por causa do correio — explicou —, não por qualquer outra coisa.

— Que outra coisa poderia ser? — perguntou ela, cordialmente desafiadora.

— Curiosidade. Pura e simples curiosidade. Nós homens podemos ser muito mais curiosos do que as mulheres. O que acontece é que sabemos disfarçar melhor — respondeu ele, no mesmo tom.

Ela disse que estava querendo falar com ele exatamente sobre algo relacionado a isso.

— Até agora, vivi sob o controle de minhas irmãs mais velhas e de meus irmãos. Eles nunca me impuseram aqueles limites que imaginamos ao pensar em uma família muçulmana. Na verdade, a responsabilidade pela tarefa foi entregue às minhas irmãs e elas a têm desempenhado conscienciosamente. Isso fazia algum sentido quando eu era menor de idade, mas agora estou com vinte e quatro anos e a coisa, além de insuportável, é ridícula. Minhas irmãs, ambas casadas, são aquelas mulheres típicas, resignadas, que fingem se interessar pelos negócios dos seus maridos, cuidam dos filhos e mantêm a casa em ordem. Sempre quiseram que eu fizesse a mesma coisa. O curioso é que não fui e nem sou rebelde. É possível até que eu queira ter um destino semelhante ao das minhas irmãs, mas escolhido por mim e dentro de uma moldura de certos gostos e preferências pessoais que ainda não tenho muito firmes, mas que espero consolidar vivendo um pouco em Paris, em Londres e em Nova York. Sou uma leitora do tipo voraz e tenho paixão pela pintura — a pintura pendurada na parede. Sou incapaz de traçar uma linha que lembre alguma coisa. Por tudo isso, quero lhe pedir que por motivo algum se dirija à minha família para entrar em contato comigo, nem comente com eles, se algum dia encontrar alguém, os meus deslocamentos. Não tenho nada a esconder, mas se eu abrir a menor brecha, se enfiarão por ela e não deixarão que eu faça as coisas como quero. Não quero dar a impressão de ser uma jovem em plena crise de rebeldia. Repito que sou uma pessoa bastante tranqüila; os excessos, os exageros e as frases grandiloqüentes me irritam. Não gosto, tampouco, de prender-me a nenhuma coisa que acreditem ser definitiva. Nada é definitivo. O pouco que vivi já me bastou para constatá-lo. Talvez lhe pareça estranho que me detenha em algo tão pessoal, mas como conheço muito bem a minha gente, quero estar protegida de qualquer intervenção na minha vida, pelo menos agora, neste período de prova e formação, como eu o chamo um tanto quanto pomposamente.

Iturri assumiu, imediatamente, um compromisso de preservar a sua independência e até se arriscou a comentar que o plano dela lhe parecia de uma sensatez inquestionável. Estava certo de que para alguém como ela o resultado dessa experiência européia poderia ser considerado desde já como muito sólido e muito positivo, e levaria a uma mudança radical de muitas de suas idéias e de seus costumes. Ela apressou-se em dizer que não estava esperando nada muito radical, nem gostaria de mudar muitas das coisas que agora constituíam a sua vida.

— Digamos que sou conservadora, mas que quero eu mesma decidir o que vou conservar sem consultar os demais, nem esperar pela sua aprovação.

A forma usada por Warda para falar dela mesma surpreendia Jon. Ela tinha uma inteligência e uma objetividade não apenas pouco femininas — pelo menos assim lhe parecia —, mas absolutamente inesperadas para uma pessoa de sua idade e o limitado conhecimento que devia ter da vida. Havia nela algo que começava a fascinar o basco de uma maneira muito particular. A mescla de serenidade e de certeza natural, a maneira de ver a si e de olhar para o seu futuro, tudo tingido por algo que não podia ser chamado exatamente de ternura, tinham um efeito balsâmico sobre o seu interlocutor. Não havia ali arestas nem atalhos surpreendentes nem mecanismos ocultos prestes a serem disparados. E tudo isso manifestado por feições de uma perfeição atemporal e por um corpo não menos harmonioso e firme. Iturri pensava que, durante este diálogo e os outros que haviam tido nos dias anteriores, ela devia ter se divertido com sua expressão quase que permanente de admiração atônita e de incredulidade deslumbrada; ao recordá-la, enrubescia. A beleza e o equilíbrio de Warda exerceram sobre ele, desde o princípio, uma influência cuja profundidade e ramificações foram se tornando cada vez mais evidentes e decisivas. Ainda que a afirmação pudesse soar demasiadamente enfática, exagerada até, o mundo mudara para Jon. Se era capaz de acolher alguém assim, então o mundo não era aquilo em que até então acreditara. Completaria cinqüenta anos dali a poucos dias e, de repente, tudo o que o cercava adquiria um aspecto completamente novo e desconcertante. Era muito difícil explicar. Usar a palavra amor para definir um fenômeno tão absoluto era cair em um simplismo, em uma inaudita superficialidade. A palavra amor é quase sempre um jogo de cartas marcadas, e aquilo que havia sido despertado nele não era possível encerrar em palavras.

Abandonaram o restaurante e ele, sem se oferecer nem impor, acompanhou-a até o hotel. Ao despedir-se, ela lhe disse com um sorriso acolhedor e levemente irônico:

— Bom, meu capitão, logo terei notícias suas. Lembre-se de que o meu futuro repousa em suas mãos.

Ele ficou por um momento absorto diante da porta giratória pela qual Warda desaparecera. Voltou ao barco e, sem se despir, esticou-se no leito para tentar reconstruir cada traço daquele rosto, cada tom daquela voz, que o mergulhavam em um estado hipnótico desprovido de filtros e que se perdia no passado de sua estirpe de magos e grandes santos, de guerreiros e navegadores que prescindiam das estrelas. As noites no pântano, sob o céu estrelado de uma fosforescência tíbia e palpitante, eram propícias às longas confidências de Jon Iturri. A maneira que estou usando aqui para resumir ou organizar o relato não me permite, infelizmente, reproduzir os tons da contida emoção que ia se avolumando durante a narrativa. A insistência do capitão em falar da beleza de Warda Bashur tinha algo de reiterativo, algo de salmodia ou cantilena. Era comovedor ouvi-lo lutar com as palavras, sempre tão pobres, sempre tão distantes do fenômeno que é a beleza de um ser humano quando ela alcança a condição de ser essencialmente indizível. Havia, por exemplo, uma ânsia de descrever as roupas que a jovem vestia em cada ocasião. É provável que Jon recorresse a este outro ângulo por sentir que a simples descrição do rosto ou do corpo deixava flutuando no ar uma imagem muito confusa, impossível de ser retida. Por outras razões, estas atribuíveis ao pudor e à reserva naturais de seu povo, ele tropeçava todo o tempo na descrição das relações com Warda e a forma como foram entrando no *hortus clausus* de uma intimidade para ele impossível de precisar, pelos motivos expostos e pelo seu próprio caráter de homem do mar, nada acostumado a movimentar-se entre as representações e artimanhas próprias das histórias da gente da terra. Procurarei trilhar um caminho menos tortuoso e mais solto do que o pisado por Jon naquelas noites no pântano ao longo das quais me relatou a sua comovedora experiência.

Depois de ter recolhido em Hamburgo e levado para Gdansk uma carga de café e de peças de reposição de maquinaria pesada, retornou a Kiel, onde carregou o navio para uma viagem a Marselha. O itinerário foi informado à co-proprietária do *Alción* da forma convencionada. Acontecia nas relações dele com o velho cargueiro um fenômeno curioso: estava se acostumando com o aspecto desagradável do barco; ele era de fato, como Bashur avisara em Antuérpia, bastante enganoso. Apesar de datar dos primeiros anos do século, as máquinas haviam sido mantidas com tal esmero e com tamanha e tão minuciosa pertinência, que funcionavam muito melhor do que levavam a supor as suas arritmias e queixosas intermitências. A necessidade de pintá-lo, a ferrugem que dominava pouco a pouco até os mais recônditos compartimentos do navio e a sua triste silhueta — estes eram defeitos que poderiam ser parcialmente reparados e ele estava decidido a atacá-los na primeira oportunidade que se apresentasse. Os guindastes operavam sem maiores tropeços; eram lerdos, sim, e os seus vacilos enfureciam os estivadores dos cais, mas a verdade é que nunca chegavam a falhar completamente. Jon acabou sentindo uma simpatia solidária pelo seu barco. Ouvia com terrível má vontade as observações, às vezes bem-humoradas, mas às vezes inteiramente destemperadas, de seus colegas e dos trabalhadores portuários. Cada vez que uma coisa destas acontecia, ele não deixava de pensar com os seus botões: "Com que cara ficariam se fossem apresentados à dona? Tenho certeza de que passariam a olhar o *Alción* de uma forma muito diferente."

Em Marselha, encontrou um curto recado de Warda, anunciando que chegaria no dia seguinte. Não dava indicações do hotel em que se hospedaria, e tampouco do meio de transporte que escolhera. Ao meio-dia seguinte, em plena tarefa de descarregamento, o sol de junho ardendo em um céu sem nuvens, Jon a viu aparecer ao pé da escada. Chegara em um táxi que partiu em seguida. Saudou-o com um movimento de mão, inesperadamente familiar, e começou a subir rapidamente os degraus bamboleantes. Ele estava de camisa, sem o gorro de marinheiro que raras vezes tirava. Parte de suas atenções estavam voltadas para a grua, que travava a cada instante. Warda estava esplêndida. Ficou mais uma vez surpreso. A cada mudança de vestimenta, a sua beleza voltava a luzir. Era como uma imagem nunca vista. "Tive vontade de transformar a grua em pó", disse-me, "pelo simples fato de ela estar me roubando a atenção que queria dar por inteiro à minha bela visitante. Em ocasiões como aquela, as máquinas incorporam os caprichos torpes, irritantes, dos homens. Fui socorrido pelo contramestre. Deleguei a ele a responsabilidade de acompanhar a operação." Warda propôs que fossem a um restaurante da *Canebière*. Os proprietários, seus conterrâneos, conheciam seus irmãos. "Posso garantir duas coisas: o vinho é muito honesto, e a *bouillabaise* é a mesma que era servida ao marechal Masséna quando passava por aqui. É o que dizem os donos. Eles pensam que Masséna foi um marechal da Grande Guerra. Não vou corrigir o erro. Seria fatal para a *bouillabaise*". Ficou esperando numa área coberta enquanto Jon tomava uma ducha rápida e trocava de roupa.

O lugar era, realmente, excepcional. O vinho branco descia com inteligente frescor. Dava aos aromas toda a liberdade para se expandirem no paladar, suavemente protegido pela aura frutal e terrosa daquele Clairette de Die do ano anterior. Jon apresentou um relatório sucinto das suas atividades e informou Warda sobre o resultado financeiro das operações. Não eram magníficos, mas estavam mais ou menos compatíveis com os cálculos que ela havia feito para tornar-se independente. O tom da conversa tinha uma espontaneidade e um calor inusitados. Era como se cada um tivesse trabalhado na memória a imagem do outro, exercício que estabelecera um território comum, jamais explicitado, mas sempre presente ao longo daquele segundo encontro. Jon perguntou como ia a sua experiência européia. Quais eram as conclusões a que chegara ao longo destes meses?

— Pergunto — esclareceu —, porque senti que você estava cheia de ilusões em relação à experiência. Não quis fazer comentários que pudessem interferir de forma negativa em sua decisão. Você é inteligente o bastante para ignorar certos obstáculos que o contato com a Europa Ocidental oferece àqueles que ainda não têm uma sensibilidade embotada e não vestem olhos de turista. Claro que para você o continente europeu é mais ou menos recente, uma espécie de América um pouco mais assentada. Ou será que me equivoco?

— Sim — respondeu ela, sorrindo. — Inteiramente. Não sei por que me atribui um nível de inteligência superior ao normal. Mas o fato é que ao chegar à Europa os meus olhos eram muito ingênuos. Por causa do uso e do desgaste de costumes e idéias que não nos servem mais nem para viver em nossa própria terra, a nossa antiguidade transformou-se, há muitos e muitos anos, em uma espécie de cansaço. Mas se quer que eu conte o que tenho sentido na Europa, posso dizer que é uma espécie de lenta, mas progressiva decepção. Sinto que sou feita para outros ambientes, outros climas. Quais? Não sei, não consigo definir. Não se trata, quero deixar bem claro, de uma súbita nostalgia do meu país e da minha cultura. É como se eu já conhecesse e já tivesse me aborrecido antes com tudo aquilo que estou procurando ver e absorver na Europa. Talvez isso pareça óbvio para você, que leva vida de marinheiro, não tem uma maçaneta em lugar nenhum. De fato, não sei. Gostaria que me dissesse.

Um olhar úmido, denso, fixou-se em Iturri à espera de suas palavras. "Eu sabia muito bem qual deveria ser a minha resposta", comentou comigo o basco, "mas, ao mesmo tempo, descobria que não estávamos conversando como velhos conhecidos. Estávamos nos tornando cúmplices em um sentimento nascente ainda não explicitado. A evolução do nosso diálogo deixava isso mais do que evidente. O vinho branco contribuía para relaxar nossas defesas e nossos temores. Já estávamos em outro patamar da nossa relação. Quando lembrávamos o nosso primeiro encontro, parecíamos pessoas estranhas, mas não fizemos nenhum comentário a respeito disso. As palavras eram desnecessárias neste caso. Pelo menos aquelas que pudessem aludir direta e cruamente a esta mudança que se produzira. Percebíamos, e era isso que importava. Naquelas circunstâncias, continuar explorando idéias genéricas, batidas, sobre a "experiência européia" de Warda era inteiramente inútil. Depois, não era isso o que ela queria ouvir. Disse-lhe acreditar que o importante era que conservasse a disponibilidade, a abertura de espírito, qualidades tão dela. As respostas, as experiências e as mutações viriam, irremediavelmente. O *Alción* se comprometia a continuar produzindo para não interromper a sua "educação sentimental". A expressão fez com que ela franzisse por um momento as sobrancelhas negras, que permaneciam quase sempre em tranqüila imobilidade. Expliquei-lhe que a expressão abarcava uma zona muito mais ampla do que o simples território amoroso. De repente, me fez uma confidência que foi o primeiro passo, o passo decisivo da nossa história.

— Sei do que está falando — disse. — Já estive no lugar que você chama de "território amoroso", e muito mais vezes do que a minha idade possa permitir supor. Não acredite muito na vigilância muçulmana. Tive vários homens em minha vida. *No regrets*. Mas nenhum que valha a pena recordar. Dito isso, sigamos com a minha "educação sentimental". Conto com a sua ajuda. Disse-lhe que ela já tinha a minha ajuda há tempo.

— Mas não sei — disse — o que um cinqüentão como eu pode acrescentar de positivo à sua vida.

— Já está contabilizado — respondeu, com um olhar, o primeiro do tipo, que era ao mesmo tempo franco e sedutor, e me deixou no mesmo estado do gato que cai do telhado e por um momento não sabe bem o que lhe aconteceu nem onde está.

Passava da meia-noite quando deixamos a taberna libanesa. Ela parou de repente um táxi e, despedindo-se de mim com uma certa precipitação, disse:

— Vou para o hotel recuperar um pouco do sono. Não dormi um segundo na viagem. Suponho que o cais fica a poucos passos daqui, não é verdade?

Não. O cais ficava bem mais longe do que o hotel, mas fiquei quieto. Era evidente que ela não queria mais conversar; estava se defendendo de alguma coisa, de um impulso, talvez da continuidade de um diálogo que ia se tornando cada vez mais íntimo. Entrou no táxi, abriu a janela, e perguntou-me para onde pretendia ir depois de Marselha.

— Vou a Dacar pegar umas mercadorias que levarei aos Açores e de lá irei a Lisboa, também carregado.

— Então nos veremos em Lisboa — disse, com os olhos tão abertos que pareciam avaliar algum encanto secreto da cidade.

Iturri fez que sim com a cabeça, apanhou um táxi e foi para o cais. Ao pagar ao chofer, ao contar o dinheiro da gorjeta, percebeu que estava definitivamente, profundamente, apaixonado.

"Pareço um colegial", pensou. "Um pobre colegial indefeso, desconcertado, amedrontado. Há quantos anos não me sinto assim?"

Não dormiu a noite inteira. No dia seguinte, dor de cabeça feroz, seguiu viagem para Dacar no meio de um daqueles aguaceiros de verão que transformam o Mediterrâneo em uma sauna a vapor. Pensou que havia chegado a hora de pintar o *Alción*, mas a frivolidade da idéia deixou-o envergonhado. Não havia tempo para isso. O ano inteiro estava reservado para velhos conhecidos que confiavam na sua seriedade e queriam ajudá-lo. A operação de carregamento em Dacar demorou muito mais do que previra. Quando chegou aos Açores, já era início do outono. Lembrou-se de que Warda comentara que queria visitar, no final do outono, os grandes santuários da ortodoxia russa — Zagorsk, Novgorod etc. A idéia de não vê-la em Lisboa começou a torturá-lo. Era, de novo, uma sensação que há muito não sentia. A espera pela felicidade que sentimos inadiável e que ao longo dos dias vai ficando cada vez mais incerta. Um pequeno inferno que lhe tirava o sono e impedia-o de trabalhar com a mente aberta. Na boca do estômago, um peso morto, uma opressão que lhe tirava o apetite. A viagem dos Açores até a capital portuguesa foi uma verdadeira tortura. Chegou a acreditar várias vezes que estava com febre. Na cabeça, um pensamento tolo. Tinha cinqüenta anos e já decidira não voltar a ter experiências deste tipo. Era preciso temer a possibilidade de entrar em um beco sem saída. Sabia que, seguindo adiante, só conseguiria provar a ducha gelada da rejeição, aliás bem merecida. Ao entrar na foz do Tejo, seu coração palpitava como o de um adolescente qualquer sentado em um banco de parque público.

Não encontrou nenhuma mensagem. Acertou com uns clientes o transporte de azeite de oliva e vinhos para Helsinque. O outono chegava ao fim. Lisboa mostrava sua face triste e opaca, absolutamente compatível com os fados que os turistas fingiam adorar nas tabernas da cidade. Voltou ao barco carregando uma angústia que o travava por dentro como se fosse o início de uma doença tropical. Perdera todo o interesse pelo *Alción*, e quando viu, à distância, ancorada no meio da baía, esperando a sua vez de entrar no cais, a desajeitada figura do velho cargueiro, sentiu um misto de irritação e fastio. Quando ia entrar na lancha que o levaria de volta, ouviu uma voz de mulher chamando-o de longe:

— Jon! Jon, espere por mim! — Warda vinha correndo pela rua que levava ao porto. Vestia uma calça creme e uma blusa vermelha. E acenava com um suéter bege claro para que a visse. Ficou parado no cais. Lá dentro, explodia uma felicidade incontrolável.

Warda chegou, chegou bem perto, beijou a sua face — e ele só conseguiu devolver o gesto roçando, levemente, a pele ligeiramente úmida do seu rosto, daquele rosto que há muito virara uma obsessão para ele. Ela não disse nada. Passou o braço em torno do braço do capitão e arrastou-o até o centro da cidade. Cruzaram a avenida Quatro de Julho. Pegaram a rua do Alecrim. Ela comentou que decerto haveria um bar aberto em alguma das ruelas do Bairro Alto.

— Pensei que não viria mais. Imaginei que estivesse a caminho dos lugares sagrados da ortodoxia eslava.

— Agora há uma outra ortodoxia a ser colocada em ordem — respondeu ela, olhando-o maliciosamente, divertindo-se com a expressão que tomava conta do rosto de Jon.

Iturri era um basco: não tinha a menor capacidade de disfarçar sentimentos. "Achamos um bar. Sentamos. E ficamos revelando, lenta e implacavelmente, os nossos sentimentos. Confessei. Confessei que se ela não tivesse aparecido, eu teria partido para a Austrália, onde trabalharia na cabotagem", explicou Jon. Tantos anos depois, ainda trazia na voz um desespero incomum, absolutamente incompatível com o seu caráter reservado e forte. Não lembrava muito do que falaram. Warda, sem perder a serenidade e o equilíbrio que eram o próprio encanto da sua juventude, confessou-lhe que a tão desejada formação européia havia ido por água abaixo. Agora, só tinha um único interesse: estar ao seu lado. Ele tinha alguma coisa que lhe dava uma plenitude até então desconhecida. E isso era tudo o que desejava. Não acreditava que pudessem ter um futuro, que pudessem construir alguma coisa juntos. Mas isso também não importava. Precisava viver a experiência. Precisava viver aquele presente como precisava do ar para respirar. Jon mencionou, timidamente, algumas dificuldades: a diferença de idade, de nacionalidade, de hábitos. Warda deu de ombros e o contestou, com certeza de vidente — disse que nem ele acreditava no que estava dizendo nem nada daquilo tinha a menor importância. Eram seis da tarde e haviam consumido várias garrafas de vinho verde acompanhadas de alguns pratos de peixe frito de qualidade e sabor perfeitamente desprezíveis. Quando chegaram ao hotel, na avenida da Liberdade, trataram de fingir um passo firme e natural. Jon registrou-se como marido de Warda e subiram ao quarto em um abraço que fez o ascensorista virar várias vezes o rosto para checar se ainda respiravam. Despiram toda a roupa no caminho da porta até a cama. "Fizemos amor uma e mais uma vez, com a lenta e minuciosa intensidade de quem não sabe o que vai acontecer amanhã. A obsessão de

Warda em dar sentido ao presente era baseada na certeza de que eram escassas as possibilidades e irremovíveis os obstáculos que se apresentavam à nossa relação. Uma avaliação sem dúvida inteligente. Eu também não via, como já lhe dissera no bar, até aonde aquilo poderia nos levar. Resolvemos, então, nos refugiar, com uma entrega que beirava o desespero, na fruição dos nossos corpos. Warda nua no leito: uma aura emanava do seu corpo perfeito, da estrutura da sua pele elástica e levemente úmida e do rosto que visto de cima reforçava ainda mais o seu jeito de aparição délfica. Não é fácil explicar, descrever. Às vezes penso que nunca vivi aquela experiência. A única coisa que deteve muitas vezes a minha vontade de morrer foi pensar que aquela imagem também morreria comigo." Quando se deparava com a impossibilidade de relatar a sua experiência, Iturri caía em longos silêncios durante os quais uma obscura desesperança parecia revolver os seus mais amargos sedimentos. "Ficamos durante três dias no hotel de Lisboa, sem sair do quarto, convertido em uma espécie de universo particular que girava pausadamente em rituais eróticos celebrados com poucas palavras e em confidências mútuas a respeito da nossa juventude e da nossa descoberta do mundo", continuou Iturri, depois de um longo tempo. "Warda era obcecada por uma idéia muito peculiar sobre o que era a vida de um marinheiro. Eu não tinha muito o que contar a respeito da minha experiência no mar. Nada de excepcional me acontecera no exercício desta profissão dominada por uma rotina cinzenta, cuja monotonia só é quebrada pelas variações de clima e paisagem que as viagens incessantes impõem aos marinheiros. Não consigo mais reconstruir o conteúdo dos nossos diálogos, mas lembro que, em virtude do caráter da minha amiga, eles se desenvolviam em um tom sossegado e pleno. O pitoresco e o inesperado davam lugar ao exame e à assimilação de nossa visão pessoal do mundo e das pessoas. Warda tinha, repito, algo de pitonisa. Avançava na semivigília de suas sensações com a firmeza de um sonâmbulo. Nisso, era tão plenamente oriental quanto qualquer gênio de *As mil e uma noites*."

Jon teve, enfim, que voltar ao barco para ocupar-se das gestões aduaneiras que antecedem as partidas. Havia acertado pelo telefone do hotel um frete para Helsinque, onde recolheria uma importante carga de papel destinada a Veracruz. Warda ficou ao seu lado durante todo o tempo das gestões. Acompanhava com discreta mas na verdade intensa curiosidade os trâmites aos quais atribuía um mistério que levava Iturri a rir. Nenhum dos dois quis mencionar o momento da despedida. Quando, finalmente, ele chegou, Warda limitou-se a dizer a Iturri, com uma voz que procurava mas não conseguia ser plenamente natural:

— Vou esperá-lo em Helsinque. Estarei no porto para recebê-lo.

Jon explicou-lhe que teria que parar, forçosamente, em Hamburgo, para trocar algumas peças dos motores, e isso lhe tomaria pelo menos um mês porque os estaleiros do porto alemão estavam abarrotados de trabalho. Quando chegasse a Helsinque, a temperatura estaria muitos graus abaixo de zero.

— Quando souber, me informe a data da sua chegada. Eu estarei no porto.

Aquela espécie de certeza, de firmeza sem nenhum vestígio de hesitação, era um dos traços do caráter de Warda que mais fascinavam Jon. Ela tinha, para usar as suas palavras, "a sabedoria das matronas da minha casa de Ainhoa, alojada em um corpo de Afrodite. Era demais para a pobre vida de um homem". Quando chegamos a esta parte da história, ele caiu em um daqueles seus silêncios — talvez o mais longo de todos ao longo daquelas muitas noites de confidências.

*

"Agora", voltou a falar, quando eu já não acreditava que fosse prosseguir, achava que estava prestes a ir para o seu camarote, "o meu relato se liga ao seu. Devo confessar-lhe que o que me surpreendeu não foram os seus encontros com o *Alción*, estas coincidências são facilmente explicáveis. O que me deixou muito intrigado, o que na verdade me levou a contar a minha história, foram outros acasos, estes sim inquietantes. Encarei-os como se você estivesse me revelando a senha de uma irmandade secreta. Cada um de seus encontros com o *Alción* coincidiu com fatos graves e decisivos da história da minha relação amorosa com Warda. Vivemos outros momentos memoráveis, maravilhosos, mas em Helsinque, Punta Arenas, Kingston e no delta do Orinoco as circunstâncias conspiraram para fazer com que estas escalas fossem os palcos onde o nosso destino se definiria ou se esfumaçaria para sempre. Devo, pois, contar o que acontecia no *Alción* e nos corações de seus donos toda vez em que o velho e abatido navio surgiu, inesperadamente, diante de você. Você é a única testemunha que merece e deve conhecer os fatos. Jamais conseguiremos saber por que, mas, de certa forma, você também é um protagonista de grande importância desta história."

Iturri começou, então, a me explicar detalhes dos reparos feitos em Hamburgo. Descreveu, também, os trâmites burocráticos que foram necessários para que o navio fosse registrado no consulado de Honduras. A licença italiana vencera e não foi possível renová-la. Quando o velho cargueiro chegou a Helsinque, o inverno havia se instalado com a severidade já mencionada por mim ao relatar o meu primeiro encontro com o barco. Warda cumpriu à risca o prometido. Quando o barco atracou, ela subiu a escada em companhia das autoridades portuárias. Saudou o capitão com um aperto de mão e se refugiou no seu camarote. Assim que os intrusos acabaram de verificar os documentos do navio na ponte de comando, Jon foi ao encontro dela. Warda estava estendida no leito. Olhava para o teto em atitude hierática. Um sorriso passeou pelos seus lábios quando viu o rosto do basco. A calefação estava ligada no grau máximo. O cheiro do camarote era aquela mistura de pasta de dente, colônia pós-barba e objetos forrados com couro que caracteriza certos ambientes estritamente masculinos dominados por uma ordem castrense.

— Vem! Me dá um beijo! E não faça esta cara! Eu vou ficar aqui enquanto o navio estiver em Helsinque. Acredito que você não tem nada contra... Estou certa? Sabe... Estou me referindo àquelas tolas superstições sobre a presença de mulheres em navios e outras bobagens.

Iturri explicou que não acreditava neste tipo de coisa. Mais: os capitães dos cargueiros tinham o hábito de viajar com as suas esposas ou com amigas que fizessem o papel delas. A sua preocupação era outra: a absoluta falta de conforto do lugar; a falta de espaço e de determinados objetos indispensáveis ao cotidiano de uma mulher. Mas, mais do que isto, achava muito estranho ela preferir o *Alción* em vez de um dos luxuosos hotéis de Helsinque, que tinham a fama de ser os mais confortáveis do norte da Europa. Poderiam ficar em um deles e não naquele camarote tristonho e pobremente equipado. Warda explicou as várias razões da sua decisão:

— Em primeiro lugar, não suporto os nórdicos. Eles parecem bonecas de pano com movimentos humanos, e isto me leva a um estado de pânico. Depois, bebem mal, comem mal e, de acordo com uma recordação muito tênue que tenho de uma relação fugaz que tive, também amam mal, carregam toda a culpa protestante em suas almas. Imagine o que isto tudo significa para uma pessoa nascida em Beirute.

Além disso, tinha metido na cabeça o capricho de conviver com ele no barco. Queria vê-lo trabalhar nas manobras de carga e descarga. Queria observar um Jon que ela não conhecia. "Trouxe roupa adequada, não se preocupe. Dá no mesmo", foi dizendo logo, sem deixar espaço para possíveis objeções do amigo. Por último, imaginava o prazer que seria andarem juntos pelos pequenos bares e tavernas do porto, certamente muito mais acolhedores do que os restaurantes dos hotéis, que para ela pareciam agências funerárias transferidas da Califórnia para o Ártico. Iturri, enquanto isso, já tinha se encantado com a idéia e disse isso a Warda. Iriam buscar a bagagem dela no aeroporto e voltariam para instalar-se no barco.

Os dias passados em Helsinque foram acariciados por uma onda de otimismo que confirmou a experiência de Lisboa, que, de tão plena, parecia fadada a jamais se repetir. Dormir abraçados e amar no estreito leito do camarote exigia toda sorte de acrobacias, que provocavam neles gargalhadas incontroláveis. A relação se consolidava com o acordo muito firme e muito claro de não torná-la pesada, de não pensar nas suas conseqüências nem transformá-la em um compromisso duradouro. "Enquanto durar, será como é agora. Não pode ser de outra forma, e nós dois sabemos muito bem disso. O importante é deixar as coisas como estão e não permitir que terceiros interfiram para tentar dar outro rumo às coisas. Tudo depende de nós. É melhor a gente não falar mais disso porque, além de aborrecido, é inútil", sentenciou ela, enquanto tentava mastigar, com uma certa dificuldade, um filé de rena cozido em ervas da tundra e marinado em vodca finlandesa gelada, pimenta e gengibre. Haviam gostado da pequena taberna do porto, um minúsculo salão com uma chaminé de azulejos no centro e seis mesas servidas por duas mulheres maduras muito sorridentes que só falavam finlandês. Por isso, elas tinham um poder absoluto sobre o menu. Quando Jon viu Warda tomar, um após outro, pequenos cálices de vodca que o congelamento transformara em azeite indolente, recordou-lhe como, no bar do hotel, no dia em que se conheceram, ela e o seu irmão Abdul haviam evitado as bebidas alcoólicas. "Aí está", explicou ela, com seriedade quase doutoral, "toda a chave do meu problema e, de uma maneira geral, o de muitos muçulmanos: uma submissão superficial a preceitos com os quais nos acostumamos a negociar e o abandono de certas verdades essenciais". Ele comentou que agora a via beber álcool sem nenhuma reserva. Ela argumentou de uma maneira que Jon depois recordaria como uma primeira advertência que na época não levara em consideração: "Sim, agora tomo vodca e faço amor com um rumi, mas a cada dia me sinto mais alheia e desinteressada da Europa e entendo melhor os meus irmãos que viajam a Meca sem saber ler nem escrever, sem jamais ter provado um vinho e resignados aos castigos do deserto."

Depois de Helsinque, vieram outros encontros. Em Havre, Madeira, Veracruz e Vancouver. Warda se acostumara a viver com Jon em seu camarote durante os períodos em que o navio ficava atracado nos portos. Quase nunca visitavam as cidades e, assim como na capital da Finlândia, levavam a vida nas tabernas e bares que ficavam nas proximidades do cais. A chegada de Warda a estes lugares era um espetáculo, quase um ritual, de tão repetitivo que era. Quando a jovem surgia na porta, todos os fregueses viravam-se para contemplá-la em um silêncio quase religioso. Logo vinha uma onda de cochichos que ia se apagando à medida que o casal se concentrava em sua conversa sem ligar para as pessoas à sua volta. Mas uns poucos não resistiam à atração que a beleza ímpar de Warda exercia sobre eles, e volta e meia olhavam discretamente para ela. O que divertia Jon era como a moça reagia à atenção excessiva das pessoas. Sempre da mesma maneira: ficava levemente corada e, numa clara tentativa de escapar da curiosidade alheia, mergulhava ainda mais na conversa com o amigo. Nunca a viu esboçar um gesto ou um olhar que indicasse que manipulava conscientemente o surpreendente alumbramento que provocava. Era como se aquilo acontecesse em uma outra dimensão do mundo, uma dimensão da qual ela não fazia parte.

A relação dos amantes se desenvolvia dentro das normas estabelecidas no primeiro dia em que foram para a cama em Lisboa. Haviam inventado brincadeiras, frases, sons e carícias que usavam com invejável harmonia; eram recursos que serviam para afugentar qualquer idéia de compromisso com o futuro. O ponto máximo que se permitiam neste terreno era a definição do porto do próximo encontro. Viveram assim um longo ano, até que Iturri chegou a Punta Arenas.

Tinham combinado encontrar-se naquele porto pois Warda queria acompanhá-lo em uma peregrinação pelo Caribe, contrato que fechara por intermédio de uns velhos amigos que tinha no arquipélago. As rotas eram curtas, o trabalho muito bem remunerado, e a carga, de fácil manejo. Quando atracou no cais do porto costa-riquenho, encontrou, no lugar de Warda, o seu irmão Abdul Bashur, que o aguardava encostado em um poste de amarração. "Na verdade",comentou Jon, "por inesperada que pudesse parecer em um lugar tão distante dos seus negócios habituais, não fiquei particularmente surpreso com a presença do irmão de Warda. Conhecia os levantinos o suficiente para saber que cedo ou tarde desejariam saber da vida que a sua irmã menor estava levando. Este é um princípio tribal, do qual não escapam nem os mais europeizados. A atitude de Abdul foi reservada, mas cordial. Ele subiu ao barco, percorreu comigo os porões e a sala das máquinas e mostrou-se satisfeito com o *Alción*. Só comentou que a pintura do navio estava em um estado lamentável, o que era verdade. Expliquei-lhe que se levasse o velho cargueiro para ser pintado em não importa qual estaleiro, ele ficaria parado pelo menos por um mês, ou seja, passaria pelo menos um mês sem gerar receitas. A alternativa era a de mandar a tripulação pintá-lo durante as viagens, mas isso me obrigaria a contratar mais gente. Em ambos os casos, o desempenho econômico cairia sensivelmente e, assim, eu não conseguiria entregar ao outro proprietário do barco a receita mínima estabelecida em contrato. Eu já tinha dado esta mesma explicação para Warda e ela não fizera nenhuma restrição. Bashur me olhou com uma mistura de curiosidade e graça. E convidou-me para acompanhá-lo até San José enquanto carregavam o navio. Ele tinha uma reunião com dois clientes seus, torrefadores de café. Almoçaríamos na cidade e eu voltaria à tarde para Punta Arenas. Ele voaria naquela mesma noite de San José para Madri. Dei algumas instruções ao contramestre e parti com Bashur para a capital. Era evidente que ele queria conversar sobre a minha relação com a sua irmã, e havia encontrado a oportunidade na viagem de carro. De fato, enquanto dirigia um carro alugado no aeroporto, foi levando, com muito cuidado e até uma certa delicadeza pela qual lhe fui grato, a conversa ao ponto de seu interesse. Antes que continuasse, disse-lhe, com uma franqueza um tanto brutal mas a meu ver necessária, que nem Warda nem eu pensávamos em nada além do que manter a nossa relação exatamente no nível e dentro dos termos em que ora estava. Era uma coisa que havíamos acordado com absoluta clareza. Cada um era livre para tomar a decisão que quisesse, e não havia espaço para nenhuma reclamação ou reticência de qualquer espécie. Bashur pareceu ter gostado. Fez alguns comentários sobre como a sua gente via este tipo de comportamento. Falou das tentativas de emancipação das mulheres do Oriente Médio. Nada que eu não soubesse, mas ouvi atentamente por ter percebido que ele estava quase pedindo desculpas por ter se intrometido em nossas vidas. Mencionou o caráter muito especial de Warda. Até pouco antes, ela era a mais submissa das irmãs, a que menos interesse tinha em conhecer as atrações do mundo ocidental. Mas como era, também, a mais reservada, imaginativa e sensível das três, Abdul achou natural e sensato o seu desejo de viver uma experiência na Europa.

Ele achava — me disse em um tom confidencial que era uma demonstração de confiança — que Warda voltaria um dia ao Líbano para ser a pessoa mais muçulmana da família. Foi, então, que pronunciou a frase que repercutiria profundamente em nosso destino, o de Warda e o meu. "A relação de vocês durará o que durar o *Alción*." Não respondi nada, mas um ligeiro pânico percorreu o meu corpo. Sabia que Bashur tinha razão. Sabia desde o primeiro instante em que sua irmã deixou de olhar-me como um simples sócio. Esta sentença inapelável pendia sobre nossas cabeças há muito tempo. Depois de um longo silêncio, só me ocorreu comentar: "Sim, talvez você tenha razão; mas é certo, também, que, diante do compromisso que nos impusemos para manter a nossa relação, de viver absolutamente o presente, isso não quer dizer muita coisa." Bashur deu ligeiramente de ombros e mudamos de assunto.

Acompanhei-o nas reuniões que tinha marcado em San José e depois fomos comer no Rías Bajas, um restaurante que tinha um ambiente agradável e uma vista muito bonita do vale onde a cidade repousa. O cardápio tentava, nem sempre com êxito, recriar a inigualável magia da culinária galega. Levei Bashur ao aeroporto e ali nos despedimos. Enquanto apertava a minha mão, pôs a outra no meu ombro, e disse com calorosa sinceridade: — Cuide do barco como se fosse o seu anjo da guarda. Boa sorte, capitão.

Quando Iturri voltou a Punta Arenas, Warda estava instalada no seu camarote. Ela chegara um pouco depois de Abdul. Vira-os de longe na ponte de comando e esperou que partissem para subir ao barco.

— Desconfiei dos motivos da visita do meu irmão. Por isso, preferi deixá-los a sós. Abdul é uma espécie de cavaleiro andante. Nós nos queremos muito. Ele pode ser implacável nos negócios mas, como amigo, é exemplar. Às vezes, parece ser um santo. Gaviero, que anda com ele e a triestina há alguns anos, sustenta que se Abdul for algum dia a Meca será seqüestrado para ser beatificado em vida.

No dia seguinte, o *Alción* zarpou em direção ao Panamá, onde entraria no Caribe. Jon lembrou que, ao sair de Punta Arenas, Warda comentara com ele que à saída do porto passou por eles um iate com uma mulher deslumbrante a bordo; ela vestia o biquíni mais sumário que havia visto em toda a sua vida e dissera alguma coisa em espanhol. Jon ficou feliz pelo fato de a sua amiga não entender muito bem o idioma. A primeira coisa que ele fizera ao retornar de San José foi repetir a frase de Bashur sobre a conexão entre a relação deles e o destino do velho cargueiro. Tivesse a mulher de biquíni colocado em dúvida a possibilidade de o barco chegar com êxito ao Panamá, Warda, que não era supersticiosa mas sim fatalista, teria relacionado as palavras dela com as do irmão e teria acreditado que aquelas eram a nefasta confirmação destas. "Felizmente", me disse, "a sorte não tem o hábito de tecer redes tão finas e é mais piedosa do que a gente é capaz de reconhecer."

Para Warda, o cruzeiro pelo Caribe foi a revelação de um mundo cheio de afinidades e sugestivas coincidências que excitavam a sua sensibilidade oriental. "Simbad deve ter andado por aqui", exclamava, embriagada pelo clima das ilhas, pela vegetação exuberante e sempre florescente e pela mistura racial dos habitantes, tão similar à que ferve no

Mediterrâneo levantino. Passaram mais de seis meses navegando pelos mares das Antilhas e portos de terra firme. Ao lado do entusiasmo de Warda, puderam ser notados dois fenômenos simultâneos: a estrutura do velho cargueiro começou a fraquejar e o seu cansaço foi ficando cada vez mais evidente; já o ânimo de Warda começou a ser afetado pelas saudades de seu país e de sua gente, uma nostalgia que aumentava à medida que ia se familiarizando com os encantos do Caribe. No início, os dois fenômenos manifestaram-se de uma forma dissimulada, mas não era do caráter de Warda ocultar os seus sentimentos. Quando, finalmente, percebeu que alguma coisa nela mudava e que as imagens, lembranças e saudades do Oriente Médio afloravam já não apenas em seus sonhos mas também quando estava acordada, contou-o imediatamente a Jon. Ele vinha notando alguns sintomas não muito precisos, e recebeu a confidência da amiga com um fatalismo resignado. Ao chegar a Kingston, ponto final da viagem pelo Caribe, tiveram uma longa conversa. Iturri resumiu assim as palavras de Warda: “Creio que chegou o momento de voltar ao meu país e ver a minha gente. Vou sem nenhum propósito definido, sem nada preconcebido. É uma coisa que a minha pele está pedindo. É simples assim. Fui chegando, aos poucos, a várias conclusões: não quero ser européia — pior: jamais conseguiria ser; sinto que esta vida itinerante que temos vivido nos últimos meses, e também um pouco antes, vai me desgastando por dentro — ela corrói certas correntes secretas que me dão sustentação e também têm a ver com a minha gente e o meu país; finalmente, sempre pensei que pudesse viver com um homem como você, que tem as qualidades que mais admiro, mas você consumiu grande parte da sua vida vagando ao léu e sei que não há mais o que possa ser mudado." Jon não resistiu à tentação de fazer a pergunta que é feita desde que existem os amantes:

— Isso quer dizer que não nos veremos mais?

Warda contestou-o com um sobressalto tão espontâneo e sincero que Iturri sentiu um nó na garganta:

— Não, por Deus! Não se trata disso. Eu não poderia suportar a idéia de não nos vermos mais. Tenho que pôr os pés na terra, mas levo você comigo.

Você me entende, sabe tão bem como eu. Não quero falar disso.

Estas e outras reflexões semelhantes haviam sido o tema de conversas cada vez mais constantes à medida que iam se aproximando de Kingston.

E aqui Jon caiu em um de seus intermináveis silêncios. Evidentemente, era penoso recordar a despedida na Jamaica. Ele foi tão reticente sobre o episódio que fica difícil descrevê-lo. Creio que uma frase pronunciada em meio a explicações vacilantes e detalhes lembrados aqui e acolá reflete muito bem seus sentimentos: "Aquele barco que você viu quase em ruínas apoiado no cais de Kingston é o melhor retrato de como o seu capitão se sentia. Nenhum de nós dois tinha remédio. O tempo cobrava a sua fatura. Os dias de vinhos e rosas haviam terminado para nós dois." Warda se despediu de Jon no aeroporto de Kingston. Voava para Londres e dali a Beirute. A última coisa que disse, segurando o seu rosto com as mãos e olhando-o com determinação de profetisa, foi: — Você terá notícias minhas em Recife. Assim que eu colocar as coisas em ordem dentro de mim, verei você de novo.

Jon voltou ao cargueiro com o ânimo em frangalhos, mas também com aquela estóica aceitação do destino que é característica da resignação ibérica diante dos desígnios dos deuses.

Os planos de Iturri incluíam uma tentativa de consertar o barco, ainda que provisoriamente, em um estaleiro de Nova Orleans. Depois, embarcaria em La Guaira equipamentos de exploração petrolífera que seriam levados a Ciudad Bolívar e dali transportaria madeira até a cidade de Recife. O diagnóstico das oficinas de reparo naval de Nova Orleans foi péssimo. Não havia como pagar pela reforma total da estrutura do casco e dos porões; além disso, devido às condições gerais do resto do navio, os engenheiros não poderiam se responsabilizar por ela. A pintura da superfície exterior do *Alción* sairia mais cara do que o valor declarado do barco. Alguns consertos feitos recentemente na maquinaria davam ao *Alción* uma sobrevida que os técnicos não podiam precisar. Para não forçar os costados do casco e as paredes dos porões, Jon teve que se conformar em reduzir a capacidade de carga da embarcação pela metade. Quando chegou a La

Guaira, pôde embarcar apenas uma parte da carga que o esperava no cais.

*

O rebocador foi deixando para trás a região pantanosa e começou a entrar no último braço do rio, já se encaminhando para o porto. Este trecho era dragado e mantido desde os tempos coloniais para facilitar o tráfego, muito intenso, entre as várias cidades que faziam fronteira com a costa do Caribe; elas eram interligadas por um canal que partia de um cotovelo do rio e levava até a Vila Colonial, povoado de heróica tradição pela sua resistência às invasões dos piratas dos séculos XVII e XVIII. O passeio pelas vastidões pantanosas costumava ser de uma monotonia angustiante, mas devo confessar que, diante daquilo que estávamos vivendo, foi como se não tivesse acontecido. A história do capitão Jon Iturri monopolizara toda a minha atenção. Como aproveitávamos as noites para conversar na cobertura, passávamos quase todo o dia dormindo em nossos camarotes. O ar-condicionado nos propiciava, ao mesmo tempo, um frescor artificial e um certo torpor; devo confessar que em zonas como aquela o resultado da mistura é um grande alívio. O último trajeto do rio era protegido por muros de pedra e alvenaria construídos ao longo das duas margens. Tinha-se a impressão de se estar entrando em um canal semelhante àqueles que cruzam a Bélgica e a Holanda em todas as direções. Ainda estávamos a dois dias do porto. Na penúltima noite, Iturri reiterou a necessidade de observarmos o hábito de passá-la em claro. A sua história chegava a um final que eu, sem saber, testemunhara parcialmente. Eram nove da noite quando nos instalamos na cobertura. As jamaicanas trouxeram uma grande jarra com a mistura de *vodka amb pera* na qual flutuavam pedras de gelo. Jon começou o seu relato com uma voz impessoal e opaca que indicava uma certa reserva e uma certa dificuldade, bastante compreensíveis, já que a história se aproximava do fim: "Você conhece as bocas do Orinoco. Trata-se de um labirinto infernal plantado em um dos climas mais massacrantes que conheço. Naquela época, a região estava inteiramente abandonada. A falta absoluta de recursos chegava a ser alarmante. Eu nunca havia estado naquele lugar. O contramestre argelino e o piloto pareciam conhecê-lo bem. O piloto era de Aruba, já percorrera várias vezes o rio até Ciudad Bolívar, onde entregaríamos a carga, e não se mostrou muito preocupado com as dificuldades anunciadas detalhadamente pelas cartas de navegação. 'Só devemos temer', explicou, 'as cheias súbitas do rio durante a temporada das chuvas. A corrente desce trazendo grandes bancos de lodo, raízes e troncos que podem obstruir o caminho em poucos minutos. Mas o rádio do porto de Ciudad Bolívar costuma anunciar a chegada destas verdadeiras avenidas. Navegaremos com cuidado. Não se preocupe.' Foi aí que comecei a me preocupar. Sei muito bem o que a frase 'não se preocupe' significa naqueles países. Deve ser entendida como: 'Se alguma coisa acontecer, nada poderá ser feito; por isso não vale a pena se preocupar.' Era noite quando chegamos diante de San José de Amacuro e resolvi ancorar na pequena baía para entrar no delta de madrugada, já à luz do dia. Choveu durante toda a noite. O piloto nos tranqüilizou explicando que isso não queria dizer que também chovia no interior, que era de onde o Orinoco recebia as águas de seus afluentes. Às cinco da manhã, começamos a entrar pelo braço do delta que a carta indicava ser o mais navegável de todos. Foi ali que cruzamos com o *Anzoátegui*. Continuava a chover torrencialmente. O nosso rádio estava sintonizado na freqüência do porto, que, de fato, transmitia periodicamente boletins sobre as condições meteorológicas da região. Às oito e meia da manhã foi anunciada uma primeira cheia, que não representava perigo algum para os navios que chegavam: ela havia se desviado por um braço que alimentava extensos manguezais. Poucos minutos depois, a estação saiu do ar. No horizonte, sobre o lugar onde calculávamos que estava a cidade, avolumava-se um cúmulo-nimbo com a habitual silhueta de bigorna, da qual jorravam relâmpagos, incessantemente. Avançamos devagar pelo estreito canal parcialmente marcado com bóias. De repente, o barco começou a vibrar; no início, quase que imperceptivelmente; logo depois, a intensidade aumentou: as pranchas do casco batiam e logo, logo estavam produzindo um estrondo ensurdecedor. O piloto confirmou a chegada de uma enchente, mas disse que, pelo movimento das águas, era possível perceber que elas não traziam bancos de lodo. O contramestre não estava tão confiante assim, e ordenou aos tripulantes que tomassem certas precauções e preparassem os botes salva-vidas para cair na água. E aí o barco se chocou com alguma coisa no fundo e girou bruscamente até cair de través, suportando toda a força da corrente. Mandei que forçassem as máquinas para tentar endireitar o navio e, quando estávamos quase conseguindo, um choque brutal nos deixou escorados de tal maneira que os hélices que giravam no vazio nada podiam fazer. Parei as máquinas e fomos todos para a cobertura. O barco fazia água rapidamente. Havia se partido pela metade e estava montado em um grande banco de lodo e vegetação que aumentava a olhos vistos. Um dos botes salva-vidas havia sido esmagado. Estava agora sob o barco. Acomodamo-nos no bote que restava e a corrente nos afastou em meio a uma vertigem de lodo e chuva. Por sorte, o mesmo banco que havia se chocado contra o *Alción* represava as águas. Meia milha mais adiante, conseguimos controlar o bote. O velho cargueiro, fustigado pela corrente em fortes sacudidas, ia sendo destroçado na nossa frente. Era como ver uma besta pré-histórica ser totalmente despedaçada por um inimigo onipresente e voraz. Finalmente, os dois pedaços em que se havia partido foram tomando direções opostas, chegaram às margens e logo desapareceram naqueles vastos canais que se formam perto delas por um fenômeno de compressão das águas sobre o maleável fundo do rio. Às seis da tarde, chegamos a Curiapo. As autoridades nos alojaram em um posto militar e me permitiram falar com Caracas. Entrei em contato com as companhias seguradoras e tomei as primeiras providências para repatriar a tripulação. Assim acabou o velho cargueiro — que continua presente, porém, em seus sonhos... e nos meus."

Fiquei em silêncio durante algum tempo. Pensava até onde Iturri tinha razão quando dissera que eu testemunhara os momentos decisivos da história do *Alción* e a de seu capitão. Eu o encontrara poucas horas antes do naufrágio, quando esperávamos a lancha da Marinha da Venezuela que nos abriria o caminho para alto-mar. Naquela noite, não quis perguntar mais nada. Ainda teríamos mais uma até chegarmos ao nosso destino. Mas não era difícil deduzir como tudo havia terminado para ele. Não para satisfazer a minha curiosidade, mas sim para dar a Jon a oportunidade de exorcizar os fantasmas que torturavam a sua alma de basco introvertido e sensível, fiz com que se comprometesse a contar, na noite seguinte, o final da sua história. "As histórias", respondeu-me, "não têm final, amigo. Esta que aconteceu comigo terminará quando eu terminar, e quem sabe talvez continue vivendo em outros seres. Amanhã voltaremos a conversar. Você tem me ouvido com muita paciência. Eu sei que cada um de nós arrasta a sua cota de inferno na Terra, e é por isso que a sua atenção obriga a minha gratidão, como dizia um avô meu que era maestro em San Juan de Luz." Quando passou por mim a caminho de seu camarote, notei em seus traços uma sombra melancólica que o envelhecia. A lua cheia, batendo em seus cabelos, criava um efeito de brancura que tornava ainda mais patética aquela visão de um envelhecimento repentino.

Quando, na noite seguinte, nos reunimos na pequena cobertura, já se via no horizonte o reflexo das luzes do porto. Elas davam a impressão de um incêndio estático que imprimia à cena uma dramaticidade inesperada. Iturri entrou logo no assunto. Era como se precisasse terminar rapidamente a sua história; parecia caminhar sobre brasas ao narrar a própria desventura. Evitou mais uma vez, como nas anteriores, qualquer truque que pudesse ser interpretado como autocomiseração. Não havia em seu procedimento, quero deixar claro, o mais remoto sinal de orgulho. Fazia-o por simples pudor, por aquilo que os franceses do século XVIII chamavam apropriadamente de *gentileza do coração*.

"Os seguradores me intimaram a ir a Caracas para analisar a apólice do *Alción* e indenizar os marinheiros e os oficiais. Dali, enviei a Warda e a Bashur longos telegramas informando-os do naufrágio. Esperei por uma resposta ao longo de um tempo razoável. O silêncio total começou a me preocupar. Enquanto isto, a idéia de viajar a Recife se transformava em uma obsessão que não me abandonava um instante. Agora ganhava um caráter mais premente, essencial. Qualquer que pudesse ser a decisão de Warda a respeito do futuro, era insuportável pensar que não tornaria a vê-la. A despedida em Kingston não podia ter sido definitiva. Acumulavam-se na minha mente todas as coisas que lhe havia dito durante a nossa vida em comum. Pareciam-me agora desimportantes e desnecessárias; nossos gestos, nossa relação erótica, nossas simpatias e fobias faziam com que as palavras parecessem inúteis. Agora, elas voltavam a exercer o seu domínio, através de uma rigorosa insistência. Eram os elos que iriam criar um novo vínculo ou prolongar o anterior a partir de outros elementos. O resultado foi que, terminadas as diligências na Venezuela, tomei um avião para Recife. Você conhece Recife?". Respondi que havia estado ali duas vezes e guardava a imagem inesquecível de uma cidade entre portuguesa e africana que tinha para mim um encanto definitivo. "A mim também me fascinou muito na primeira vez em que atraquei nela com um barco-cisterna que trazia produtos químicos de Bremen. Mas agora, a própria beleza da cidade, a magia exercida por suas pontes, praças e edifícios, todos ligeiramente corroídos e a ponto de tombar, contribuíram para fazer ainda mais intoleráveis os dias que passei ali dependendo de notícias de Warda. Notícias que fazia questão de aguardar, movido mais pelo impulso dos meus desejos do que por razões reais e tangíveis. Ela havia dito que nos veríamos ali, mas em suas palavras estava implícito que tudo estaria condicionado ao que aconteceria no seu regresso ao Líbano. Recordando, reconstruindo ponto por ponto as suas palavras e gestos, aquele encontro em Recife me parecia, evidentemente, uma ilusão, um paliativo imaginado por ela para não dar à nossa despedida em Kingston a dramaticidade de um irremediável adeus. Eu já não sabia muito bem o que pensar sobre tudo aquilo. O que era uma construção da minha imaginação, sem bases que não fossem os meus próprios sonhos, e o que estava acontecendo de fato no mundo real? Visitava os hotéis onde supunha que Warda poderia estar hospedada. Converti-me num personagem curioso e até suspeito para os *barmen* e os funcionários das recepções. Viam-me entrar e moviam negativamente a cabeça com um sorriso. A compaixão tornava-se cada vez mais evidente e era misturada a um leve enfado, semelhante àquele provocado pelos maníacos e dementes. Cheguei a odiar a cidade, a atribuir-lhe a culpa de tudo. O calor ia tornando-se insuportável e eu não me preocupava em procurar um novo trabalho, coisa que precisava fazer com uma certa urgência — as minhas economias começavam a esgotar-se. O seguro só seria liquidado integralmente dentro de um ano, e dependia ainda de uma minuciosa investigação do naufrágio do velho cargueiro.

Finalmente, disseram que havia algo para mim na agência dos correios. Era uma longa carta da minha amiga. Não vou lê-la. Não há nela nada que não tenhamos mencionado. A sua escrita fluía com muita naturalidade e lê-la em voz alta seria como ouvi-la de viva voz. Não conseguiria suportar. Mas não será difícil resumi-la. Warda descreve a sua chegada ao Líbano e a sua imediata adaptação ao meio social e familiar. Seus sonhos europeus e de outra ordem haviam se esfumaçado imediatamente e perdido toda a consistência e a razão de ser. Restavam os sentimentos que a uniam a mim. Eles estavam intactos, mas nada poderia ser construído a partir deles, a não ser uma desgraçada experiência que faria da nossa relação um novelo sem fim de reclamações silenciosas, de culpas e frustrações disfarçadas. Enfim, aquilo que sempre acontece quando partimos de uma distorção da realidade e consideramos os nossos desejos como se fossem verdades incontestáveis. Não iria a Recife e nem pensava em ver-me de novo em lugar algum. Doía-lhe tremendamente ver que o naufrágio do velho cargueiro invadira a sua decisão de ficar em sua terra e submeter-se às leis e aos costumes de sua gente. Parecia que as palavras de Abdul haviam sido cumpridas. Mas não era isso, eu não devia pensar assim. O barco, era necessário admitir, estava prestes a sucumbir a qualquer momento. Era quase um milagre que tivesse perdurado e cumprido uma tarefa tão superior às suas forças. Vinham então umas considerações sobre a minha pessoa e as virtudes e qualidades que Warda me atribuía, evidentemente magnificadas pelas lembranças dos bons dias que passamos juntos e pela nostalgia de saber que nunca mais iríamos nos encontrar. Nunca tive muito sucesso com as mulheres. Acredito que as aborreço um pouco. Talvez ela tenha visto em mim uma certa ordem, uma certa distância que me imponho para me proteger dos homens e de suas tolices, qualidades que podem ter sido úteis a Warda no processo de dissipação de seus ideais europeizantes. Ela aprendeu comigo que as pessoas são iguais no mundo inteiro, sempre movidas por paixões mesquinhas e interesses sórdidos, tão efêmeros como semelhantes em todas as latitudes. Com essa convicção bem consolidada, a volta ao seu mundo era absolutamente previsível e, mais do que isso, a demonstração de uma maturidade muito rara nas mulheres de nossos dias.

Em Recife, aceitei levar um navio-tanque para ser reparado em Belfast, e assim voltei à vida que levava antes de encontrar Bashur e Gaviero em Antuérpia. Mas Warda havia preenchido a tal ponto a minha vida e as fibras mais secretas do meu corpo que sua ausência me deixou um vazio que nada nunca mais poderá ocupar. Já lhe disse no começo: cumpro como um autômato a tarefa de ir vivendo. Deixo que as coisas aconteçam ao seu capricho e não procuro consolo ou alívio na desordem que amiúde traçam para enganar-nos. Percebo, também, que esta história que contei pode parecer, como já adverti, bastante banal e simples. Se você tivesse, mesmo que por um instante, visto Warda, escutado a sua voz, veria como tudo tem um sentido totalmente diferente. Ela era uma aparição inconcebível que as palavras não podem descrever; só conhecendo-a você poderia entender a desmesurada fortuna que foi estar a seu lado e a tortura inaudita que tem sido perdê-la."

Ficamos em silêncio, como já era habitual, durante mais de uma hora. De repente, Iturri levantou-se de sua cadeira e, estendendo a mão, me disse, dando-me um largo e caloroso aperto que tentava substituir palavras que seu estoicismo de basco arquetípico impedia-o de pronunciar: "Não sei se nos veremos amanhã. Devo descer muito cedo para apresentar-me no cais e embarcar em um cargueiro belga que me levará até Aden. Foi um prazer muito grande tê-lo conhecido e saber que sua simpatia pelo velho cargueiro, que lhe apareceu em Helsinque, nos unirá para sempre. Boa noite." Respondi com algumas frases desalinhavadas. A carga de emoção de sua despedida, que me transmitiu imediatamente, não me permitiu dizer o que havia sido para mim conhecer a outra parte da história do *Alción* e a de seu capitão. Quando fui deitar, começava a amanhecer. O carro da empresa só apareceria ao meio-dia. Antes de cair em um sono de que muito precisava, meditei sobre a história que havia escutado. Os homens — pensei — mudam tão pouco, continuam sendo tão eles mesmos, que só existe uma história de amor desde o princípio dos tempos, repetida ao infinito sem que se perca a sua terrível simplicidade, a sua irremediável desventura. Dormi profundamente e, contrariando os meus hábitos, não sonhei coisa alguma.

Este livro foi composto na tipologia Minion,
em corpo 12/17, e impresso em papel Pólen
bold 90g/m² no Sistema Cameron da Divisão
Gráfica da Distribuidora Record.